숨어버리고 싶은 남성들의 전립선암

횡설수설 투병기

증보판

전립선암 3기말 치료 경험자

채희관 지음

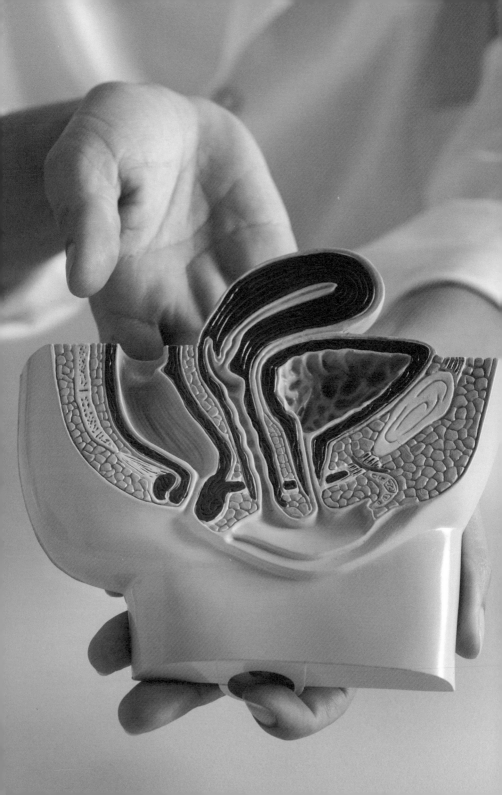

전립선암은
나의 인생을 보람되고
알찬 삶으로 바꾸어 놓았다

"내일도 오늘처럼
보람과 즐거움이 가득한 삶을"

새벽 한두 번 요실금 증상으로 잠이 깨면 맨 먼저 찾는 곳은 화장실!
다시 뒤척이며 잠을 청한 후 아침에 눈을 뜨면 어제와 마찬가지로 맨 먼
저 기지개를 켜고 오늘도 살아있음에 감사의 기도로 일과를 시작합니다.

돌이켜보면 지난시절 사명감 하나로 원칙에 얽매여 맡은 일에만 충실
해 온 공직생활을 한 탓으로 재테크와는 영 거리가 멀고 흉금 터놓을 마
음의 친구 하나 변변히 없었으니…

제2의 인생을 살아오고 있는 요즘 회상해 보면 더 더욱 지내 온 옛 생
활이 후회스럽기 짝이 없습니다.

하지만 암에 걸려 정신적 혼란기를 거쳐 어느 정도 정상 생활을 하며 정신적인 안정을 되찾아 가고 있는 지금 생각하면 남들에게 피해를 주지 않고 의연하고 당당하게 원칙을 모토로 외길을 살아온 것이 결코 부끄럽지만은 않은 세월이었구나 하고 반문도 해봅니다.

글 솜씨가 없어 저의 투병 생활을 어떻게 하면 맛깔스럽게 이해가 쉽도록 표현해야 할지도 잘 모르고, 표현을 잘못하면 오히려 전립선암투병자들께서 혼란스러워 하지 않을까? 하는 두려움으로 투병 생활에 대한 일기를 쓰는 것을 망설였습니다.

하지만 투병생활 중 여러분들의 조언과 도움으로 현재 이렇게 건강하게 봉사 활동도 하면서 즐거운 삶을 영위하고 있다는 생각에 감히 팬을 들어 이렇게 글을 쓰게 되었습니다.

그 동안 받아온 깊은 은혜에 대한 마음의 짐을 조금이라도 벗어버릴 방법은 없을까? 고민하다 사)전립선암환우건강증진협회에서 하는 진료 동행 등 봉사 활동을 하게 되었고 더불어 그간 함께 겪어온 투병 과정을 글로 남겨 선후배 환우들에게 조금이라도 도움이 되어야 하지 않을까? 하는 마음으로 투병기를 남겨 보기로 하였습니다.

이 글을 쓰는 이 순간에도 앞으로 남은 시간 별일이 없겠지 하는 간절한 마음으로 더욱더 여유로운 표현을 해보려 애썼지만 지나온 고통의 시간과 혹여나 앞으로의 재발 불안 등 착잡함이 머릿속과 가슴을 두드려 눈가에 맺혀지는 눈물은 어쩔 수가 없습니다.

그리고 지금까지 투병생활을 하는 동안 내내 가까이에서 힘든 뒷바라지와 극진한 사랑을 아낌없이 베풀어 준 아내와 너무 괴롭고 우울하고 고달플 때 함께하며 마음의 안정을 찾게 해준 두 아들 내외와 손자 손녀, 때때로 힘들 때마다 용기와 힘을 북돋아 준 누님 가족, 그리고 물심양면으로 큰 힘이 되어준 남동생 가족 모두에게 고마움을 표합니다.

또한 투병 생활을 하면서 함께 정보 공유로 도움을 주신 여러 환우 선후배들과 부족한 글을 출간하는 데 힘을 실어 주신 여러분들을 일일이 거명하지 못함을 송구스럽게 생각하면서 이 모든 분들에게 진심으로 머리 숙여 감사의 말씀을 올립니다.

특히 전립선암환우건강증진협회가 나날이 승승장구 하여 이 땅의 전립선암 환자들에게 큰 등불이 되어주기를 간절히 바라면서 협회의 무궁한 발전을 기원합니다.

감사합니다.

2019년 12월 채희관

희망의 끈 꼭 잡으면 활력 찾는다

세월이 흘러 2024년 9월, 증보 재판을 냅니다.

책을 펴낸 이후에도 전립선암 치료를 계속해온 터라, 그간의 치료 내용으로 2020년 4월 17일부터 2024년 5월 2일까지의 투병일지를 추가하였습니다.

초판의 서평 '전립선암 초기 발견, 완치 가능하다'
언론 인터뷰 '기적 같은 진기록, 전립선암 3기말 수술 후 11년, 전립선암도 국가검진 필수항목 돼야'를 보냈습니다.

숨어버리고 싶은 남성들의 고민, 전립선 비대증 또는 전립선암으로 고생하시는 모든 분들에게 용기와 희망을 드릴 수 있는 투병기라고 자부합니다. 고민할 이유도, 그럴 필요도 없습니다. 전립선암을 극복하려는 의지, 결단력이 필요합니다. 희망의 끈 꼭 잡고 당당하게 치료받으면 활기차게 생활할 수 있습니다. 우리가 세상을 살아가는 인생여정에서 가장 소중한 것은 가족, 건강, 사랑이라고 합니다.

본서를 애독해 주시고 격려해 주신 모든 분들에게 진심으로 머리 숙여 감사의 마음을 전하면서 증보판에 가름합니다.

2024년 8월 채희관

남성의 고민을 전하는 투병기, 그 용기를 보면서

이 주 영

전) 제20대 국회 부의장
전) 제17대 해양수산부장관

사람이 한 세상을 살아가는 동안 생로병사에서 자유로울 수는 없다. 생명의 존엄은 누구에게나 동일하며, 하늘이 내린 천명에 따라 건강하게 살기를 희구하는 것도 마찬가지이다. 암이란 질병은 인류의 건강을 해치는 마지막 질병으로 여긴다. 그런 이유로 많은 사람들이 암 진단을 받으면 생의 종착역에 이른 것으로 여기고 삶의 의욕을 상실하는 경우가 태반이다.

 더구나 전립선은 소변 배설이 자유롭지 못하고 불시에 화장실을 찾아가야 하는 질병이라 남성의 자존심에 관한 문제로 꼽는다. 대놓고 공개할 수도 없고 상담하기도 부끄럽고 고통도 말 못할 정도로 수치심을 안겨준다. 전립선암이 진행되면서 요로 폐쇄의 증상이 나타나고 소변을 보러 화장실에 들어가서도 머뭇거리며 소변줄기가 가늘어지고, 소변을 본 후에도 개운치 못한 경우가 있다.

 전립선은 요도를 둘러싸서 반사상으로 배열하는 30~50개의 복합관상포상선이 집합한 것이라, 각 선의 도관은 정구의 양측에 열리지만, 이 부분은 사정관도 열려있는데, 나이가 들어감에 따라 분비물이 농축하여 석회화 경향을 나타내면서 전립선으로 고민하거나 고생하는 사람들이 증가한다는 것이다.

 배설이 자연스럽지 못하거나 시원하지 못할 경우, 그로 인한 고민은 물론 고통 역시 말로는 형언하기 어렵다는 이야기들이 많다. 전립선 질환은 소변이 배출되는 통로인 요도가 전립선의 가운데를 통과하기 때문에, 전립선이 커지게 되면 요도가 좁아져서 소변을 보기가 힘들게 되는 현상이다. 이러한 전립선 비대증은 중년 남성에게 흔히 나타나는 질환이다. 또한 같은 증상으로 최근에는 전립선암이 많이 발견되기도 한다.

전립선암은 전립선의 세포가 비정상적으로 분열하고 성장하여 결국은 악성 종양이 되는 질환으로서, 남성들에게서 발생하는 암 가운데 4위를 차지할 정도로 만연되고 있다는데서 경각심을 안겨준다.

암이 다른 장기나 주위조직으로 전이된 후에는 골통, 요통 등의 통증증상은 말할 것도 없고 수술이나 방사선 등의 치료 후에는 성생활도 어렵고 요실금으로 인해 불편한 생활로 인하여 삶의 질이 떨어져 정말 어디론가 숨어 버리고 싶은 심정이라는데^^

그런 힘들고 부끄러운 일상을 솔직하게 밝혀놓은 전립선암 투병기에 감동하면서 그 용기에 새삼 격려를 드린다.

2024년 8월 후덥지근한 날씨에
이주영 씀

건강하고 행복한 삶을 원하는
모든 남성분들이 읽어야 할 책!

얼마 전에 시골에 계신 지인 한 분이 저에게 전립선암에 대한 정보가 있느냐고 전화를 걸어 오셨다. 언론계에서 오랜 활동을 해온 터이다 보니 나 자신이 많은 것을 알고 있으리라는 막연한 믿음에 연락해 오신 것 같은데, 사실 나는 이 땅의 50대 이후의 모든 남성이 가장 중요하게 관심을 기울여야 할 이 질환에 대해 잘 알지 못하고 있었을 뿐 아니라 그리 큰 관심조차 없었다.

하지만 지인의 지병에 걱정이 들어 기자 정신을 발휘하여 부랴부랴 주변을 탐문하던 중 인터넷 다음 포털에서 '전립선암환우사랑방'이라는 카페를 알게 되었고 무작정 카페지기의 연락처를 수소문하여 다짜고짜 전화하여 상담하기에 이른다.

여기서 카페지기의 깊이 있는 정보제공으로 상당히 주요한 고급 정보를 취득하였음은 물론 이 투병기의 저자인 채희관 님을 소개 받아 저의 지인은 빠른 치료에 임하게 되었고 무사히 수술을 마친 제 지인은 이후 순탄한 투병 생활로 현재는 아주 양호한 상태를 보이고 계시면서 이제는 채희관 님과 환우 분들 진료동행은 물론 함께하는 나눔의 투병 생활로 새로운 삶의 보람을 찾고 계신다.

요 며칠 전 지인으로부터 평생지기인 돌손 님이 그 동안의 투병생활을 정리한 투병기 옥고를 작성하여 책으로 엮고자 하니 일독해 보시고 추천사를 부탁한다는 말씀이 있었다. 나는 원고를 받자마자 단숨에 읽어 보기 시작했다.

아!!! 전립선암이란 이런 병이었구나!!!

그리고 남성 환자로서 겪게 되는 고초와 마음고생은 이런 것이구나!!! 하는 생각과 함께 이 몹쓸 남성의 병을 어떻게든 지구상에서 추방해야 겠다고 하는 상념이 내 뇌리에 깊이 자리 잡게 되었으며 남성인 나 자신을 포함하여 50대에게는 전립선 특이항원 PSA 검사를 반드시 주기적으로 받도록 의무화해야 하는데 나 자신부터 앞장서야겠다는 인식이 움트기 시작하였다.

채희관 님의 투병기를 환우분들은 물론 모든 남성이 일독하시기를 감히 권해본다. 충분히 일독할만한 가치가 있다. 그리고 이 책을 읽은 분은 많은 남성들에게 반드시 그의 글을 읽어 보도록 권해야만 한다.

끝으로 돌손 님과 함께하는 협회 및 환우사랑방의 모든 환우분과 가족들, 그리고 앞으로도 함께 할 모든 환우분이 반드시 완치하고 행복한 삶을 영위하시기를 간절히 기도해 본다!

감사합니다.

2019년 12월 초겨울에
한국인터넷기자협회장 김철관 씀

건강한 삶을 위한 투병기,
진정한 그 용기에 박수

이 정 근

한국어문기자협회 회장
중앙일보 어문연구소 대표

전립선은 나이가 든 중년 이상의 실버들에게는 피할 수 없는 현대 질병의 하나라고 합니다. 남성들의 시원한 배설은 건강의 바로미터입니다. 배설 생리작용이 원만하지 못할 때 느끼는 고통은 쉽게 표현할 수도 없고 숨길 수도 없는 일입니다.

저자는 전립선암으로 무척 고통스러운 세월을 겪으면서도 용기와 집념으로 투병을 계속한 끝에 재활의 길을 걸어가고 있습니다. 숨어버리고 싶은 남성들의 고민, 그 눈물겨운 투병기를 드라마처럼 펼쳐가며 고백한 용기는 전립선 또는 전립선암으로 고생하시는 모든 분들에게 새로운 희망을 전해 드릴 수 있는 복음서라고 해도 지나친 말이 아닐 것입니다. 고민할 이유도, 그럴 필요도 없는 소중한 투병기가 고난을 극복하는데 많은 도움이 되리라고 확신합니다.

질병은 그 종류를 가릴 것 없이 스스로의 노력에 따라서, 또 건강 수칙을 지켜가는 과정에서 능히 극복하고 개선하면서 건강을 지키고 활력을 키워 나갈 수 있다는 것이 여러 투병기에서 입증되고 있습니다. 더구나 전립선암의 경우 극복하려는 의지, 결단력이 필요합니다. 희망의 끈을 꼭 잡고 당당하게 치료받으면 활기차게 생활할 수 있다는 것을 저자는 투병기를 통해 보여주고 있습니다. 선인이나 현인들은 우리가 세상을 살아가는 삶의 여정에서 가장 소중한 것은 가족, 건강, 그리고 사랑이라는 말을 남겼습니다.

사람이 한 세상을 살아가는 동안 생로병사에서 자유로울 수는 없습니다. 생명의 존엄은 누구에게나 동일하며, 하늘이 내린 천명에 따라 건강하게 살기를 희구하는 것도 마찬가지입니다.

더구나 전립선은 소변이 자유롭지 못하고 불시에 화장실을 찾아가야 하는 질병이라 남성의 자존심에 관한 문제로 꼽습니다.

전립선암은 남성들에게 발생하는 암 가운데 4위에 들 정도로 만연되고 있는 질병이라는데 거볍게 여길 수 없습니다. 부끄러운 일상을 솔직하게 밝혀놓은 〈수술 130개월〉〈방사선치료 121개월〉의 투병기에 감동하면서 추천 격려사에 가름합니다.

2024년 여름

전립선 암 극복의 예지여

유 한 준

전) 대한언론인회 부회장 언론인
조선일보 정년 / 시인
현) 안전신문 논설실장

전립선암 11년 긴 세월
버텨온 강인한 의지
삶의 여백 고이 담아
강인함 담아 전하는 증보판이여!

전립선암 3기말
수술 130개월
방사선치료 121개월 투병일지
당당하게 극복하며 일어선 용기여

숨어버리고 싶은 고민
용기와 희망 전하는 복음의 투병기
인생여정에서 가장 소중한

가족, 건강, 사랑이라고 외친 절규여

활기차게 일어선 용기
모든 환우들에게 전하는 복음
진솔하게 엮어낸 예지여
증보판에 가득 녹아 흐르네.

한 세상 살아가는 동안
생로병사 자유로울 수 없다 해도
생명의 존엄 일깨워준
천명의 지혜 밝혀준 보서여!

자존심 살려주고
고민 고통 씻어내는 길 밝혀
부끄러운 일상 솔직하게 밝혀놓은
체험기에 감동 아롱지네.

2024년 성하지절 송축

솟아오르는 태양처럼 희망을 품자

| 차례 |

머리말

"내일도 오늘처럼 보람과 즐거움이 가득한 삶을"

증보판을 내면서

희망의 끈 꼭 잡으면 활력 찾는다

추천의 글

프롤로그

전립선암 치료 11년을 돌아보며

전립선암 치료
11년을 돌아보며

프롤로그

프롤로그

전립선암 치료 11년을 돌아보며

절망에서 위안으로
고통에서 희망으로 변화된 시간

올해 여름엔 이미 입추가 지났는데도 불구하고 유난히도 30도를 넘나들며 짜증스럽게 극한 폭염이 기승을 부리고 있네요. 빨리 무더운 여름이 지나고 신선한 바람이 옷깃을 스치는 높고 푸른 하늘의 가을이 성큼 다가서기를 기다려봅니다.

이런 계절의 변화를 온몸의 세포로 느낄 수 있는 소소한 일상에 감사하며, 우리 전립선암 환우님들 그리고 가족들께서도 건강하게 잘 지내시고 계시는지 조심스레 안부를 여쭈어 봅니다.

머리말에서도 말씀드렸지만, 글 솜씨가 워낙 없어 제 투병 생활을 누구나 이해가 쉽도록 어떻게 표현해야 할지, 표현이 잘못되면 도움을 주기보다는 오히려 암을 치료하는데 누가 되지 않을까? 하는 두려움이 앞서 그동안 계속 망설여 왔습니다.

　하지만, 저는 "전립선암 환우 사랑방"(다음 카페)의 카페지기 님, 선후배 환우님들의 너무 과분한 조언과 도움으로 신경 침윤은 말할 것도 없고 정관, 정낭 침윤은 물론 방광 쪽 피막을 벗어난 절단면 양성 등 전립선암 3기말이란 최악의 진단을 받고서도 현재까지 이렇게 무탈하게 버티면서 보람과 즐거움을 느끼는 생활을 하고 있다는 행복한 생각에 이르게 되니 나름대로 큰 용기를 내어 펜을 들어 보게 된 것입니다.
　그 동안의 깊고 깊은 은혜에 대하여 마음의 짐을 조금이라도 벗어버릴 방법이 없을지 고민하고 고민하다가 그래도 제가 겪어온 투병 생활을 그대로 보여주는 것이 전립선암 환우들에게는 조금이라도 도움이 될 것이라는 믿음 속에 그간의 투병 과정을 보고하기로 다시 마음을 가다듬고 이 글을 써봅니다.

　돌이켜 보면 평소 건강하게 지내던 제가 전립선암이 발생할 줄을 상상이나 해 보았겠습니까? 알다 모르게 암을 방치하면서 키워온 지난 긴 세월이 한스럽기도 합니다만, 지금 돌이켜 보면 15년 전에 PSA(전립선암 특이항원)가 10이라는 수치를 오르내릴 때, 이미 전립선에 암이 자리 잡고 있었음에도 전혀 알고 싶지도 않고 알려고도 하지 않은 나태한 마음을 가진 탓으로 인하여 전립선암을 초기에 발견하여 완치할 수 있는 절호의 기회를 놓치고 황당하게도 한 치의 예후도 내다볼 수 없는 정말 상상조

차도 하고 싶지 않은 암 3기말이란 병기 판정을 받고 슬픔, 절망, 분노, 죄책감은 물론 불안감이 엄습하여 우울증은 말할 것도 없고 한숨과 눈물로 한 세월을 보내야 했으니~! 이 모든 일과 지내온 시간들이 어떻게 흘러갔는지도 모르게 주마등처럼 머릿속을 스쳐 지나갑니다.

지난 일을 회상해 보면 15년 전 전립선 PSA 수치가 10을 오르내리고 있을 때쯤 인터넷 검색과 지인 등을 통하여 전립선암 관련 정보와 전문지식을 습득할 수 있었음에도 수수방관하며 지내다가 14년 전 2008년 1월 K 대학교 병원의 조직검사(8개소) 결과 "암이 없다."라는 진단 결과만 머릿속에 깊이 담아 놓고 세월을 보냈습니다.

제가 암 관련 박사인데 "조직검사 상 이상이 없다면 아무 걱정하지 말고 6개월 정도 간격으로 전립선 특이 항원인 PSA 검사만 하고 관찰하면서 지내보라"라는 동네 내과 의원 전문의의 친절한 조언만 철저히 믿고 (나중에 알고 보니 위 대장암에는 전문의였으나 전립선암은 전혀 전문지식이 없는 의사였음) 마음 편히 지내오면서, 한편으로는 혹시나 하는 약간의 걱정은 하였지만 별다른 증상이 없었으므로 힘든 공직생활을 마친 마당에 "하고 싶은 것 마음대로 해 보면서 즐겁게 남은 인생을 살자"라는 슬로건으로 2013년 5월까지 5년이나 넘게 피곤하다는 핑계로 체력단련을 위한 운동은 거의 하지 않고 친구들과만 어울려 여흥에만 눈이 멀어서 하루가 멀다고 맥주 등 갖가지 술만 즐겨 마시는 방탕한 일상생활이 결국 내 몸속의 암을 이렇게 키우지 않았나? 자성해 봅니다.

참으로 공직에 오랫동안 몸담았던 지성인이라고 스스로 자부했던 저 자신의 지난 세월이 부끄럽기 짝이 없었습니다.

전립선암 진단을 받고 분함과 억울함이 치밀어 오르면서 세상 살기가 싫다는 절망감이 머릿속을 꽉 찼을 때 비로소 나태한 제 자신을 되돌아보며, 허황한 꿈과 욕심을 내려놓기 시작하면서 건강을 위한 일을 가장 먼저 챙길 수 있는 발판을 마련하지 않았나 생각을 해 봅니다.

전립선암 선고를 받은 후 무엇을 어떻게 해야 할지 모르는 와중에 인터넷 검색 중 "전립선암 환우 사랑방"이란 다음카페를 알게 되었습니다.

당시 개설된 지 얼마 안 되어서 회원은 30여 명으로 많지 않았던 것으로 기억됩니다만. 전립선암 치료 및 관리에 대한 전문적인 지식습득은 물론 환우들 간의 투병 생활에 대한 정보교류가 있다는 것을 아는 순간 바로 저는 암을 이기는 길이 보이기 시작하였다는 느낌이 가슴에 와 닿았습니다. 그때의 기분을 어찌 말로 다 설명할 수 있을까요? 암이란 선고를 받아보지 않은 사람이라면 아마 이 감정을 도저히 이해하지 못할 것입니다.

특히 학교에서 전문지식을 배우고 연구하면서 터득한 비뇨의학과 전문의의 조언도 중요하지만, 전립선암이 걸려 자기 자신의 암 치유를 위해 죽기 살기로 외국 서적과 인터넷을 통하여 전문지식을 습득하고 연구

한 것은 물론 전립선암 환자들 간의 투병 생활 등의 정보공유를 통하여 전립선암 치유를 위한 투병 방법 등을 터득한 카페지기 님의 충언은 말할 것도 없고 먼저 투병 생활을 하는 선배 환우님들의 조언과 배려는 전립선암 치료 및 관리에 오히려 어쭙잖은 병원보다 훨씬 더 의지가 되는 등 큰 도움이 될 것을 저 자신이 느꼈기에~!!!

'전립선암 환우 사랑방'이란 다음 카페야말로 저를 오늘에 이르기까지 삶의 의미를 새삼 느끼고 즐겁게 자신감을 가지면서 투병 생활을 할 수 있도록 한 모토가 아닐 수 없었습니다.

당시 인터넷 검색과 환우 사랑방이란 카페의 선후배 환우들 간에 회자하였던 전립선암에 대하여는 우리나라 최고의 의술을 가진 전문의라고 알려진 신촌 세브란스병원 비뇨의학과 최영득 교수님과 방사선 종양학과 조재호 교수님을 가족들과 가까운 지인들의 권유로 저의 전립선암 치료 주치의로 결정하여, 3기말이란 병기임에도 불구하고, 적기에 로봇 수술과 호르몬요법 및 보조 방사선 치료를 받아 10년이 지난 지금까지 완치에 가까운 아주 좋은 건강 상태를 유지하면서 하루하루를 즐겁고 보람된 생활을 영위하고 있다는 것은 제가 진정 행운아임에 틀림이 없다고 생각하면서 새삼스럽게 행복감에 젖어 봅니다.

또한 전립선암 판정을 받은 순간부터 전립선암을 꼭 이겨내야 겠다는 정신적인 마음가짐으로 신체적 건강을 위한 각종 운동은 물론 면역강화를 위한 식이 법 등을 인터넷 검색, TV 그리고 선배 환우들의 경험 등을 통하여 알게 된 사실은 반드시 실천한다는 각오와 다짐을 하였습니다.

우선 스트레스를 줄이면서 나 자신이 전립선암에 대한 면역력 증강방법 등을 찾아 죽을 때까지 한번 암과 싸워 반드시 이겨 보아야겠다는 강한 의지로 식생활 개선에 중점을 두어 생활하려고 하였습니다.

수술 후 처음 일정 기간에는 반드시 상처 회복과 체력 증진을 위해서는 쇠고기 닭고기 등의 육류와 생선류 계란 두부 등 단백질이 풍부한 식품을 많이 섭취하고 또한 다양한 식품을 골고루 주식과 간식으로 먹어야 한다는 기본 원칙도 모르고, 전립선암에는 이러한 음식이 나쁘다는 일반적인 정보에만 의존하여 쇠고기, 돼지고기 등 붉은 고기류의 단백질 음식은 일절 삼가고 채식 위주로만 식사하여 건강한 환자들이 하는 식이요법을 그대로 따라 하였습니다.

그 결과. 수술과 방사선 치료 이후 체중이 6kg이나 급격히 줄고 체력이 현저히 약해지면서 면역력이 급격히 떨어져, 일상생활을 하는데 힘에 부쳐 감기를 달고 살아야 하는 등 오히려 병을 키우지 않았었나? 하고 지난날을 되돌아보기도 하였습니다.

수술 후 1년이 지난 2014년 9월부터는 과유불급이란 고사성어를 되새기면서, 아침 식단으로는 상식화 되어있는 해독주스(토마토, 양배추, 당근, 브로콜리, 사과, 바나나, 블루베리)와 고구마 계란 등을 아내와 같이 주식으로 먹기 시작하였으며, 점심 저녁에는 고열량 고단백으로 활동량에 맞춰 음식을 적절히 섭취하고, 고기는 기름이 적게 가급적 삶아서 먹고 우유 대신 두유를 섭취하였습니다.

저는 위장이 약해 냉한 체질에 좋지 않은 돼지고기, 밀가루 등의 음식은 가급적 피하면서 체질에 맞는다고 생각되는 모든 음식을 가릴 것 없이 골고루 섭취한 결과. 수술 후 5년이 지난 2018년도에 비로소 수술 전 정상 체중을 되찾았습니다.

[〈63kg〉 5년 만에 수술 전 정상 체중〈69kg〉으로 회복]

또한 면역력 증강에 좋다는 말을 믿으면서 금천 게르마늄수를 구매, 마시기 시작하였고. 얼마나 효과가 있을지는 모르지만, 면역력 증강은 아니더라도 심적 안정에는 약간의 도움이 되리라고 생각되어 건강 보조 식품으로 알려진 운지버섯 추출물인 PSP-50과 종합비타민인 centrum 그리고 프로폴리스를 복용하였습니다.

그러나 2년 전 2017년 말부터는 조금씩 치료 경과가 좋아지면서, 자만심이 생긴 탓인지 경제적 어려움을 핑계로 가격이 고가인 게르마늄수와 운지버섯 PSP-50은 중단하고 현재는 종합 비타민과 프로폴리스만 지금까지 복용하고 있습니다.

[여행 등 즐거운 생활에 눈이 어두워서인가?]

면역력 강화를 위한 운동은 주 3회 이상 30분 정도 동네 뒷산 걷기를 하였으며, 수술 후 체력이 어느 정도 회복이 된 2013년 10월부터는 찜질방 및 사우나와 온탕이 갖추어져 있는 헬스장의 정기권을 구매하여 하루도 빠짐없이 운동과 반신욕 냉온욕 등을 실천하면서 최소한 하루 1만 보 이상 걷기는 반드시 실천하려고 온 힘을 기울여 왔습니다.

2018년 이후부터는 1만 5천보 이상 걷기를 목표로 하면서 되도록 주말에는 여행 겸 산행을, 평시에는 매일 아침 일찍 일어나 새벽에는 동네 뒷산인 배봉산 둘레길을 1시간 이상 산책하고, 버스 안타기 운동을 생활화하는 등 걷기 운동을 꾸준히 실천해 나아가면서 추운 겨울날이나 비가 올 때 등, 부득이한 경우에는 헬스장에서 근육운동과 걷기 운동(러닝머신)을 하면서 목표량을 달성하려고 노력하고 있습니다.

수술과 방사선 치료의 부작용인지 아니면 허리 디스크 증세와 연관이 있는지는 잘 모르지만, 항상 손발이 차고 발등이 시리고 저려, 양말을 신어야 잠을 이룰 수 있는 점을 고려하여 하루도 빠짐없이 아침에 일어나

자마자 따뜻한 물 2잔 이상 마시기, 목욕탕에서 40도 이상 수온으로 반신욕 20분 이상 아니면 집 거실에서 TV를 보면서 43도 수온으로 족욕을 30분 이상 하는 등 면역력 강화를 위한 체온 올리기에 중점을 두고 장기 외출 등 특별한 사정이 없으면 이 모든 것을 매일 매일 실천해 보려고 최선의 노력을 하고 있습니다.

정말 저는 카페 및 협회 등을 통하여 선-후배 환우님들과 서로 돕고 함께 어울리면서 많은 즐거움과 행복감에 젖어 이렇게 건강하게 잘 지내고 있음을 말씀드립니다.

해서 우리 남성들이 숨기고 또 숨기고 싶은 자존심을 저 멀리 던져 버리고 제가 전립선암 치유를 위해 몸부림을 치고 살던 투병 생활에 대한 부분도 빠짐없이 공개함으로써 모든 남성의 자존심이 걸린 전립선암 환우님들에게 조금이라도 도움이 되기를 간절히 바라는 마음으로 이 글을 다시 보완하여 쓰는 것입니다.

제1부 청천벽력

전립선암 판정이
날 때까지 경위

1.전립선암 판정…생사의 날벼락

2007년

11월쯤, 나는 6월 30일 자로 43년간의 공직생활을 마감하고 제2의 인생을 시작하면서 평소 소홀히 하였던 건강을 우선으로 하여야 하겠다는 생각으로 우선 늘 소화가 잘 안 되는 점을 고려해서, 위내시경 및 대장 내시경을 위주로 평소 다니던 동네 k 내과 의원에서 건강 검진을 하였고, 대장 내시경을 통해 혹 두 군데를 절제, 위내시경은 식도염 외엔 특별한 증상이 없다는 판정을 받았습니다.

그러나, 다리의 이곳저곳이 가끔 약간의 저림과 따끔따끔한 증상이 있어 문의 결과 신경외과의 진료를 받아보도록 권유를 받았으나 그냥 대수롭지 않게 생각하면서 지내오던 중 12월 말경 다리가 저리면서 따끔거리는 증상이 더 자주 일어나서 서울 중랑구 사가정역 부근에 있는 신경외과 진료를 받게 되었습니다.

진료 결과 신경에는 이상이 없지만, 혹시 전립선 쪽에 이상이 있을 수도 있으니 피검사를 한번 받아 보라는 전문 의사의 권유에 따라 즉시 피를 채혈한 후 결과를 보기 위하여 다음 진료 일정을 잡고 집으로 돌아왔습니다.

귀가 후 피검사를 왜 하는지 인터넷을 검색해보니 전립선 관련 이상 여부를 전립선 특이항원인 PSA 수치 측정하여 전립선암이나 전립선비대증, 전립선염 등의 존재 여부를 알고자 함이라는 것을 알게 되었습니다. PSA 수치가 4.0 이상일 때에는 전립선암이 20~30% 수준으로 발견될 수 있다는 것도 알게 되었습니다.

3일 후 신경외과 진료 진단 결과 전문의가 깜짝 놀라면서 PSA 수치가 적정 수치 4.0 이상인 9.21로 전립선에 문제가 있는 것 같으니 빨리 종합병원 비뇨의학과 진료를 받아보는 것이 좋겠다며 진료의뢰서를 발급해 주어서, 바로 다음 날 집에서 가장 가까운 K 대학교 병원을 방문하고, 2008년 1월 18일 진료를 예약하였습니다.

2.절망을 딛고…착잡한 심정

2008년

2008. 1. 18.
K대학교병원 비뇨의학과 L교수님 진료

2시간 전 병원에 도착하여, 착잡한 마음으로 오랜 시간을 기다린 끝에 비뇨의학과 L교수님 진료실에 들어서니 PSA 수치가 10.98 로 너무 높아 전립선암일 수도 있으니 조직 검사를 해 보라고 하여 "빨리해 주십시오!" 하고 요청하였더니, 병실 배정 관계상 2월 11일에 입원하여 검사하고 12일 퇴원하는 것으로 결정한 후 집으로 돌아왔습니다.

1월 18일부터 2월 11일까지는 제가 전립선암이라고 판정되면 어떻게 하지? 전립선암이 어떤 병인가? 등 이런저런 생각으로 근심 속에 어떻게 밥을 목구멍으로 넘겼는지, 마치 몽유병 환자처럼 멍하게 지냈던 기억이 지금도 생생합니다.

특히 2월 7일은 구정으로(설날) 2월 6일부터 10일까지가 설 명절, 연휴였으니 한 번 상상해봅시다. 누님 가족, 동생 가족, 우리가족, 특히 손자손녀들과 즐겁고 보람된 시간을 보내야 하는 마당에 가까운 친지들에게 세배도 가지 못하고 세배도 받지 못하니 정말 전립선암에 걸렸으면 어찌할까 하는 두려움과 공포심으로 마치 넋이 나간 사람처럼 말 못할 고통의 시간을 보냈습니다.

2008. 2. 11.
조직검사를 위해 K대학교 병원에 입원

설 명절 연휴 다음 날 드디어 K 대학교 병원 1인실에 입원 (보험 가입도 없고, 저축한 돈도 없으면서 전립선 문제라 자존심이 강한 저는 6인실을 마다하고 2인실 부족으로 고가의 1인실로 결정)하였습니다.

불안, 초조 등 혼미한 정신이라 그런지 초음파 검사만 약간 생각이 나고 영상의학 검사실에 들어가서 항문으로 무엇을 넣고 찌를 때 약간 따끔 따끔 했다는 것밖에는 못 느끼고 검사를 마쳤습니다. 몇 군데를 하였느냐고 물었더니 8개소라고 하더군요. 검사를 마치고 병실에 올라오니 아내가 우왕좌왕 어쩔 줄 모르고 있었습니다. 항생제와 더불어 계속 링거 주사만 꽂고 지내서 그런지 조직 검사 시 후유증으로 전립선이 묵직하였고 빈뇨 현상이 있었으나 대수롭지 않게 하루를 보냈습니다.

다음날 병실 담당 전문의 회진 시 검사 결과가 초음파 검사 결과로는 비대증은 아니고 조직검사 결과는 세포분석 기계 고장으로 조금 늦어지고 있다고 퇴원 시에 알려 주겠다는 답변만 받았으며, 환자의 고충과 비용 문제는 아랑곳하지도 않고 사후 염증 관리 등을 위한다는 핑계로 다른 종합병원에서는 입원 없이 당일에 조직검사를 시행하고 있는데, 반해 이 병원은 2박 3일을 입원시켰는데 경제적 여유가 없는 환자분들은 이 병원을 이용하기가 좀 어렵지 않을까 생각되었습니다.

2008. 2. 13.
입원 후 3일째 되는 날 암이 아니라고 판정

입원 후 이틀을 병실에서 보내고 3일째 퇴원하는 날 담당 전문의 L 교수께서는 진료하시면서 모든 정황으로 보아 암이라고 생각하였지만, 검사 결과 암이 아니라고 하시면서 처방한 약을 먹으면서 (약이 떨어져 처방이 필요하면 다시 진료 예약을 하도록 함) 1년 후 PSA 검사 후 수치변동 사항을 점검 후 다시 검사 등의 여부를 판단하자는 말씀에 다행히 암이 아니라는 생각으로 그 순간 힘들었던 것은 모두 잊어버리고 형용할 수 없는 기쁨에 콧노래가 절로 나오는 것이었습니다.

암이 아니니 이제 인간답게 즐기며 살아갈 수 있다고 하고 나도 모르게 큰 소리로 "고맙습니다!"라고 외치고 담당 전문의와 옆에 보이는 간호사 등 모든 분들에게 인사를 한 후 진료실을 나와 바로 퇴원 수속을 마치고 집으로 돌아왔습니다.

귀가 후 전 가족이 모여 이상 없다는 판정의 축제 한마당을 즐겼던 기억이 바로 어제 같습니다만, 세월이 흘러 다시 암으로 판명되고 비참한 눈물을 삼켰으니 참으로 일희일비하는 인간의 간사함이 제게도 자리 잡고 있다는 사실에 새삼 부끄럽기도 합니다.

2009년

2009. 2. 27.
K대학교병원 비뇨의학과 L교수님 조직검사 후 첫 번째 진료

교수님 PSA 검사 결과 11.56ng/ml로 지난번(10.98)보다 조금 상승하였으므로 4개월 후 다시 PSA 검사하고 판단하자고 하여, 6월 26일 재진료 일정을 잡고 귀가하였습니다.

2009. 6. 26.
K대학교병원 비뇨의학과 L교수님 조직검사 후 두 번째 진료

교수님께서 PSA 검사 결과 12.14ng/ml로 계속 수치가 상승하니 한 번 더 조직검사를 하면 어떻겠냐고 말씀하시어 지난번 조직 검사 시 너무 힘들었음을 말씀드리고 조금 더 수치 변동을 본 후에 하였으면 좋을 것 같고 또한 K대 병원에서는 2박 3일 입원을 해야 하는데, 삼성, 아산, 신촌 병원에서는 12개소를 당일 검사도 가능하다는 말씀을 드리니 이 병원에서는 조직검사 후 감염 등 만약을 대비해서 완벽히 하기 위함이라는 말씀과 함께 약간 기분 나쁜 말투로 다른 병원에서 하여도 좋습니다. 하여 당일 진료를 마치고 돌아왔습니다.

2010년

2010. 3. 25. PSA 11.28ng/ml (동네 J 비뇨기과)
2010. 6. 18. PSA 9.43ng/ml (동네 H 내과)

동네 내과 원장님이 제가 암 전문가입니다. 그간 경위로 보아 별문제 없으니 너무 걱정하지 말고 정기적으로 전립선 특이항원(PSA) 수치의 상승 여부를 보아가면서 대처해 나갈 것을 권유하니 6개월 후 검사하기로 하고 귀가하였습니다.

2010. 11. 7.
전립선 특이항원 수치 PSA 11.83 ng/ml (동네 H 내과)

PSA가 지난번보다 조금 상승하였으나 그 전 3월경 수치와 비슷하므로, 6개월 후 다시 검사해보자고 하여 저도 인터넷을 검색해 보니 전립선 비대증이나 심한 음주를 하였거나 과로를 한 경우에는 PSA 수치가 많이 상승하고 스트레스를 받은 경우나 성관계로 인한 경우에도 20% 정도 미세하게 수치가 상승한다고 하는 정보만 믿고 동네 H내과 원장님의 조언에 따라 의연하게 대처해 나갔습니다.

3.눈물겨운 격려…덕담에 감사

2011년

2011. 5. 25.
PSA 11.71ng/ml (동네 H 내과)

지난번보다 수치가 조금 내려갔으니 다시 지켜보면서 6개월 후 다시 PSA 수치 검사를 해 보기로 하였습니다.

2012년

2012. 1. 6.
PSA 12.33 ng/ml (동네 H 내과)

지난번 수치보다 약간 올랐으나 큰 의미 없다고 하시면서 6개월 후 다시PSA 수치를 검사하기로 하였습니다.

2012. 8. 29.
PSA 12.74 ng/ml (동네 H 내과)

이때에도 수치가 조금씩 상승하고 배뇨가 찔끔찔끔하는 경향이 약간 있었으나 이 또한 대수롭지 않게 생각하면서 또다시 6개월 후 PSA 검사를 하기로 하였습니다.

2013년

2013. 2. 23.
치핵 수술을 위하여 S병원 입원

평소 늘 치질로 불편하게 생활하던 중 갑자기 통증과 소변 시 피가 함께 나오는 증상이 심해져 바로 금호동에 있는 송도병원에서 2박 3일간 입원 치핵 수술을 받았습니다.

2013. 3. 13.
PSA 16.69ng/ml (동네 H 내과)

전립선 특이항원 수치가 너무 많이 올라서 암 여부에 대한 조직 검사를 받으려고 하니 치질 수술로 인하여 2~3개월 후에라야 가능하다고 하여 1개월 후에 다시 피검사를 예약하였습니다.

2013. 4. 16.
PSA 13.84ng/ml (동네 H 내과)

수치는 내렸으나 소변 찔끔거리는 증상이 빈번히 일어나 종합 병원에 진료의뢰서를 발급해 달라고 요청하여 S대학교 병원 비뇨의학과 L교수님에게 진료 예약하였습니다.

2013. 5. 7.
S대학교 병원 본원 비뇨의학과 L교수 진료

경과를 설명 듣고 K대학교에서 조직검사 상 이상 없었다고 말씀드리니 염려하지 말고 계속 수치 변동 추이를 보아 가면서 조금 더 관찰하자고 하였으나 치질 수술 후 인터넷 검색 및 카페 등을 통하여 전립선암환우들의 경험담 등을 종합해 볼 때 "이번 기회에 조직검사를 꼭 해보았으면 좋겠습니다." 라고 말씀드리니 바로 5월 27일. 조직검사 시행 일정을 예약하여 주었습니다.

2013. 5. 27.
S대학교병원에서 12개소 조직검사 시행 (PSA 20,8.ng/ml)

그전에 조직검사 한 경험이 있어서 별 어려움 없이 검사에 임하였으나 착잡하고 불안한 마음은 역시 겨눌 길이 없어 혜화동 일대를 방황하다가 겨우 정신을 차리고 집에 돌아온 기억이 생생합니다.

조직검사 결과가 나올 때까지 지는 해를 바라보면서 이루 말할 수 없이 두렵고 암담하고 참담한 마음이 캄캄한 밤이 다 지나 해가 저 앞산 마루에 걸릴 때까지 나의 심장을 갉아 먹는 것이었습니다.

전립선암 판정 후 진료 및 치료 과정

1. 병상일지…두려움과 인내심의 갈등

전립선암 진단 및 진료 과정

2013. 6. 4.
S대학교병원 비뇨의학과 L 교수 진료
S대학교병리검사실에서 5월27일 전립선암 12개소 조직검사 시행

2013년 6월 4일 오늘 조직검사 결과가 나오는 날로 아침밥도 먹는 둥 마는 둥 초조한 마음으로 별의별 생각을 다 하면서 그래도 그동안 소변만 찔끔거리는 현상 외에는 아무 이상이 없었으니 교수님께서는 틀림없이 반가이 맞이하면서 "축하합니다. 아무 이상이 없습니다."라고 말씀을 하실 것 같은 한 가닥 기대를 품었습니다.

그런 생각을 하면서 진료 순서를 기다리다가 순번 호출을 받아 진료실에 들어가 인사를 하는 순간 교수님께서 첫마디 하시던 말씀이 "조직검사 결과 암입니다! 12개소 중 5개소에서 암이 있으니 뼈 스캔 및 CT, MRI, 등 후속검사를 해보고 치료 방법을 결정합시다." 라고 말씀하시는데 청천벽력 같은 말씀에, 머릿속이 하얗게 변하면서 심장이 멈추고, 그 무엇엔가 홀린 듯 풀썩 주저앉고만 그 순간, 그 처참한 심정을 누가 알겠습니까?

후속 정밀 검사 후 다시 수술이든 방사선이든 치료 방법 등을 판단하자고 하시면서 일정을 간호사에게 말씀하시던 그때가 아직도 눈앞에 생생합니다.

교수님은 뼈 스캔, CT, MRI, 검사를 다음날(6월 5일)에 할 수 있도록 조치해 주셨고 검사 결과 및 치료 방법 등을 결정해야 할 다음 진료 일정은 교수님이 외국세미나 참가로 인하여 상당히 늦은 6월 21일로 예약을 하는 것이였습니다.

결국 5월 27일 자로 건강보험 산정 특례로 중증질환자로 등록을 하게 되었고 비로소 전립선암 환자의 암흑 같은 기나긴 여정이 시작되었습니다.

◆ 조직검사 병리 결과 ◆

13개소 조직검사 결과 : adenocarcinoma 총 5개소

Gleason's score 7 (3 + 4) 1개소

Gleason's score 6 (3 + 3) 4개소

2.유명 병원을 찾아…동네병원에서 대학병원으로

지금 돌이켜 보면 정말 이해하기 힘들고 스스로 병을 키우기로 자

청한 것이나 다름없는 절대하면 안 될 방탕생활이랄까 정말 상상하기 어려운 나에 대한 무책임한 나날을 보낸 것 같습니다.

전립선암 판정 5~6년 전 PSA 수치가 12점대로 이미 전립선암 가능성이 절대적인데도 불구하고 K대학교 비뇨의학과 L교수님의 진료에서 조직검사 결과 전립선암이 아니라는 말씀에 좀 더 심사숙고하지 못하고 마냥 신나게 좋아하기만 하면서, 전립선암에 관한 정보 습득에는 너무 무관심하였으며, 특히 전립선암에 대하여는 전혀 잘 모르는 동네 내과 전문의의 (당시 암 전문가로 자칭) 말만 믿고 정기적으로 피 (PSA 수치) 검사만 하면서 지내다가 시간만 허비하고 지내다가, 조직검사를 한 결과 전립선암 판정이 되는 순간부터 삶의 의욕을 완전히 잃고 지는 석양만 바라보면서 망연자실했던 정신적 충격이 그날 그 시간은 지금도 잊혀지지 않고 있습니다.

2013. 6. 5.
S대학교 병원에서 여러 부서를 다니면서 뼈 스캔. CT. MRI, 검사

혹여 수술도 할 수 없을 정도로 다른 곳에 전이가 안 되었을까 하는 두려움 및 의구심과 함께 왜 이렇게 여러 곳에 나타나도록 방치하였을까! 왜 진작 공부도 하지 않고 나태한 생활만 하고 왜 인터넷이란 정보에 대하여 불신만 하고 전문의들이 기고한 뉴스 하나도 보지 않았을까 하는 등 정말 저 자신을 원망하면서 좌절감에 빠져 버렸습니다.

그 후 불안한 마음으로 지내다가 약5일 정도가 지났을 즈음 오늘쯤엔 교수님이 계신다면 검사 결과를 볼 수 있을 텐데, 혹시 전이나 되지 않았을까, 혹시 뼈 전이가 되었으면 어쩌나 별의별 상상을 해 보면서 S대학교병원의 인맥을 찾아 내용을 듣고 싶은 심정에 여기 저기 수소문을 해 보았으나, 조금 안다는 인맥으로는 담당전문의가 아니면 상세한 답을 듣기 곤란하다는 얘기만 들었고 참 뾰족한 방법이 없구나 하는 것을 알면서 정말 나 자신이 이 세상에서 이런 정도밖에 아니냐는 생각이 들어 인생의 허무함마저 새삼 느꼈습니다.

이럴 땐 환자의 정신 질환을 염려해서라도 병원에서 사전에 검사 결과를 알려 주는 제도가 필요하지 않을까 라고도 생각을 했습니다.

검사 1주일 정도 지나면서 그래도 혹시나 해서 여기저기 인맥을 알아보든 중 제 큰며느리 친구가 모 대학교 병원 전문의란 말을 듣고 담당 전문의가 외국 출장 중이나 환자의 마음 안정을 찾을 수 있도록 사전에 정밀검사 결과내용을 알아봐 달라고 간청을 하였더니 다른 것은 알 수 없으나 영상의학과에서 판독된 뼈 스캔 결과는 전이가 없다고 알려 주는 것이었습니다.

정말 며느리 친구 때문에 매일 설치던 밤잠을 조금이나마 다시 이룰 수 있었으니 그 고마움은 어떻게 표현을 해야 할지 절대 잊어버릴 수 없습니다.

암이란 선고 자체를 받은 날 이후부터는 정신적 혼란 상태가 계속되어 정신병원에 입원하지 않으면 안 될 정도로 정말 죽고 싶도록 힘들고 지겨웠던 나날이 계속되었다고 아니할 수 없었습니다.

그러나 하루도 편한 날이 없이 초조와 불안감에 젖어 지내던 중 가까운 친지들의 수소문으로 집안 형님의 아들이 영상의학을 전공한 전문의로 모 종합병원에서 S대학교로 근무지를 옮겼다는 반가운 소식을 접하고, 이제는 지푸라기라도 하나 잡았다고 하는 심정으로 바로 형수되시는 분과 연락하여, 전문의사와 통화를 하게 되었습니다.

☎ 전화 통화 내용 ☎

제가 이 S대학교병원으로 근무지를 옮긴 것이 얼마 되지 않아서 전립선암관련 계통의 전문의도 잘 모를뿐더러 제가 담당한 영상의학은 위대장 쪽이라 전립선관련 사항은 잘 알지 못함으로 담당 영상의학 전문의에게 물어보고 다시 연락을 드리겠노라는 무성의한 답변이었지만 그나마도 구세주를 만난 듯 얼마나 좋았는지 그 누구도 상상해보지 않으면 모를 겁니다.

하루가 지난 후 전화상으로 뼈 스캔 상으로는 뼈 전이가 없으며 CT 및 MRI 상 문제가 없어 보이니 담당 L교수님 진료 시 상세히 듣고 치료방법을 잘 따르라고 하여 불안한 마음이 앞서 앞으로 어떻게 대처해야 할지 등을 물어보니, 암 판정을 받은 환자의 정신적인 심정은 전혀 헤아리지 않은 채, 귀찮은 듯 "담당 전문의가 잘 판단하여 치료할 것이니 앞으로 담당 주치의의 말씀 잘 듣고 치료 잘 받으시라"고 하면서 너무 바빠 시간이 없으니 전화 통화를 그만하자고 하는 것이었습니다.

정말 전화 통화할 시간이 없었다면 한가할 때 다시 전화 드리겠다고 하든지 아니면 한가할 때 찾아오시면 상세히 설명해 드리겠다든지 하는 것이 집안 어른에게 해야 할 도리가 아닌가요?~~ㅜㅜ~ 고얀 놈!!!

세상 배운 사람이 오히려 우리 '동방예의지국'이란 말이 퇴색하게 정말 무섭다는 것을 새삼 느꼈습니다.

3. 수술과 외래진료 반복…로봇수술에 의지

2013. 6. 21.
S대학교병원 비뇨의학과 L교수 2번째 진료

드디어 결과와 치료 방법 등을 상담해 줄 진료 일자가 다가왔습니다. S대학교병원 비뇨의학과 O교수 진료(뼈 스캔, CT, MRI, 결과) 시간에 맞추어 진료실에 들어가니, 담당 비뇨의학과 L주치의님이 한참 컴퓨터로 영상과 기록을 보시더니 아무런 설명도 없이 여러 가지 정황으로 보아 방사선 치료가 더 좋은 것으로 판단되어 방사선종양학과 교수님에게 협진의뢰 하겠으니 방사선 종양학과 진료 일정을 잡으시라고 말씀하시더군요.

그 말씀이 끝나기 무섭게 제가 얼떨결에 "몇 기나 되나요?" 라고 질문을 하니 교수님이 "2.5기 정도나 됩니다."라고 하시면서 다음 환자를 들어오시라고 간호사에게 말씀하시니 정말 환자를 위해 일하는 의사가 맞는지? 묻지 않을 수 없었습니다. 그 후 협진 기록을 보니 뼈에는 이상이 없었으나 MRI 상 방광 쪽으로 "?" 마크가 되어 방사선종양학과로 협진을 의뢰한 듯 하였습니다.

정말 의사라면 제 가족처럼 환자를 돌보는 희생정신이 투철해야 하는데 제가 곧 죽음 앞에 놓인 환자로 무슨 말을 할 수 있었겠습니까? 그대로 아무 말도 못 하고 힘없이 진료실을 나왔습니다. 이것이 현실 이니까요! 진료실을 나오니 방사선종양학과 K교수님에게 협진 6월 25일 진료 일정을 예약해 주더군요.

  망연자실하면서 귀가하여 인터넷 검색을 통해 방사선 종양학과 교수님들의 약력과 경력을 보니 방사선 치료에 오랜 경험을 하신 학과 장님 되시는 교수님은 올해 정년으로 진료를 하지 않는다고 하고 협진 의뢰한 K교수님은 조교수로서 몇 개월 전쯤 군의관으로 근무하다 제대하여 오신 분이고, 그나마도 S대학교병원에서는 토모 등 최신의 방사선 치료 장비가 갖춰져 있지 않다고 하더군요!

  해서 밤잠을 설치면서 다른 여러 종합병원(국립암센터. 아산병원 삼성병원 세브란스 병원 등)의 홈페이지와 인터넷 검색을 통해(뉴스, 카페, 밴드, 블로그 등 웹사이트) 전립선암에 대한 전문 교수님들의 수술경력 및 전문 분야 등을 알아본 결과, 전립선암 명의로 국내에서 수술 경험이 가장 많고 로봇수술의 대가로 정평이 나 있는 신촌 세브 란스 비뇨의학과 최영득교수에게 수술 등 치료를 받기위하여 6월 24 일에 진료 예약을 하였습니다.

2013. 6. 24.
신촌 세브란스병원 비뇨의학과 최영득 교수 첫 번째 진료

사전에 S대학교에서 전원 의뢰서 발급이 어려워 당초 종합병원에 진료의뢰서를 발급 해준 동네 내과에서 진료의뢰서를 발급받아 영상 및 의무기록 사본과 함께 외래 진료 창구에 제출하고 아내와 아들 그리고 며느리와 함께 초조하게 진료순서를 기다렸습니다.

"다음 C님, 들어오세요" 하고 호출이~~ 멍한 머리와 찡한 가슴을 안고 진료실에 들어가니 교수님 미소를 지으면서, 친절한 목소리로 "어서 오세요" 하시면서, 영상과 기록을 꼼꼼히 보시더니 전립선암 악성도를 나타내는 글리선 스코어가 비교적 좋은 3+4이고 또한 전립선 경계가 뚜렷하고 분명해서, 젊은 나이로 수술하시면 좋은 결과가 예상되고 혹시 수술 후 상태가 좋지 않더라도 원 발인 전립선이 없어지면 방사선 등의 후속 치료로도 좋은 예후가 예상되므로, 경제가 허락된다면 개복수술이 아닌 부작용을 최소화 할 수 있는 로봇수술을 하는 것이 좋을 것 같다고 말씀하셨습니다.

마음속으로 여러 전문의의 진료를 받아 본 후 최적의 치료 방법을 선택한다는 생각이 머리에 스치면서 "수술을 하고 싶습니다만, 가족들과 함께 깊게 의논을 한 후 치료 방법을 결정토록 하겠습니다"라고 말씀을 드렸더니, "그럼 그렇게 하세요." 하고 친절하게 말씀을 하시네요.

바로 진료실 밖으로 나와서 모든 가족과 의논을 한 결과 지인들의 조언 및 인터넷 검색 등을 통하여 치료 방법 등을 종합해 보니 그래도 수술한 후에 완치가 될 수 없더라도, 방사선 치료는 물론 호르몬 치료가 있으니 우리나라에서 로봇수술을 가장 많이 하신 최영득 교수님에게 치료하는 것이 좋겠다는 것이 중지였으나, 제가 예약을 한 S대학교 방사선종양학과 K 교수님 성남 C병원 B 교수님 진료와 아니면 국립 암센터 양성자 치료 관계 등을 알아본 후 결정하는 것이 더 좋겠다고 가족을 설득하고 다음 일정으로 나아갔습니다.

2013. 6. 25.
S대학교병원 방사선 종양학과 K 교수 진료

별로 내키지 않았지만, 비뇨의학과 L 교수님이 협진 의뢰한 사안이라 방사선 치료에 대한 내용은 알아야겠다고 생각하면서 진료 시간을 기다리던 중, 순서가 돌아와 진료실을 들어서니 협진 의뢰서 및 영상 등 의무 기록을 보시면서 협진 의뢰한 L교수님과 통화 시도를 하는 것이었습니다. 여러 번의 통화가 이루어지지 않으니 협진 의뢰한 교수님과 상의하여 방사선 협진을 무슨 이유로 하였는지 잘 살펴본 후에 재진료를 하자고 하면서 다음 진료 일정 예약을 하라고 간호사님에게 말씀하시는 것을 듣고 진료실을 나왔습니다.

그러나 교수님의 약력이나 최신식 방사선 치료기가 없는 점을 감안 방사선종양학과의 진료 및 방사선 치료를 하는 것을 접었습니다.

2013. 6. 26.
성남 C병원 비뇨기과 B 교수 진료

성남 C병원 비뇨의학과 B교수님의 진료 전에 조직검사 시 PSA 수치가 평소보다 너무 높게 나와 심리적으로 조바심이 심해져 그간에 PSA 수치에 대한 변동 추이를 알아보고 싶어 오전 일찍 선릉에 있는 S 비뇨기과에 들러서 PSA검사를 하였습니다.

검사 결과 수치가 10.2로 약 8이나 낮게 이해할 수 없는 결과가 나와 오차라고 하기에는 너무 심해 별의별 생각을 다 해 보았습니다. 그래도 한편으로는 기분은 나쁘지 않았습니다. 그러나 S 비뇨기과 원장님께서는 별 의미를 부여하지 않고 치료에만 전념하라고 말씀하셨습니다.

오후 들어 성남 C병원에 도착하니 비뇨기과로 올라가는 입구 의자에 서울에 있는 큰아들, 며느리와 용인에 사는 둘째아들 며느리가 벌써 초조한 눈빛을 보이면서 기다리고 있더군요.

눈을 마주치는 순간 이렇게 복 많은 내가 왜 이런 병이 걸렸을까? 하는 생각이 스치면서 정말 눈물이 울컥 솟으면서 말을 잊지 못했던 기억이 납니다.

진료 순서가 돌아와서 가족들과 함께 진료실을 들어서니 B교수님께서 친절하게 어서 오십시오, 하시면서 기록과 영상을 보시면서 전립선 피막을 벗어났을 수도 있다는 우려를 하시면서, 조직 검사 시 PSA 수치도 20.8로 너무 높고 지난 2월경에 치질 수술을 하였으므로 내부 방사선 치료(브라키테라피)는 할 수 없다고 생각되고, 수술을 하는 경우에도 림프샘 절개 절제술이 필요하다고 예상되니 로봇수술보다는 개복수술을 하는 것이 어떠하냐고 말씀하셨습니다.

교수님에게 지난번에는 20.8의 높은 PSA 수치가 오늘 오전에 S비뇨의학과에서 검사하여 보니 10.2로 뚝 떨어 졌는데 왜 어떤 이유에서 이런 현상이 나타나는지를 여쭈어보니 조직검사 및 영상 의학적으로 별 의미가 없으니 다 잊어버리고 빨리 최선의 치료방법을 고민 후 결정하고 병을 이겨 낼 수 있다는 자신감을 가지라고 충언을 해 주셨습니다. 저는 더 알아보면서 전 가족들과 상의하여 결정하겠다고 말씀드리고 진료를 마쳤습니다.

그날 진료를 마치고 집에 돌아와 모든 가족이 함께 저녁 식사를 하면서 수술(개복수술, 로봇수술)이냐? 내부 방사선(브라키테라피)은 할 수가 없다고 하니 외부 방사선(토모테라피, 양성자) 치료를 할 것인가를 두고 격론이 많이 오갔습니다.

전립선암의 여러 카페 등을 통한 정보공유로 터득한 전문지식과 당시 치료 중인 환우들의 투병 생활 및 경험담을 들어 본 것을 바탕으로 의견을 종합해 본 결과 국립암센터의 양성자 치료 진료는 포기하고 가장 신뢰가 가고, 통계상 전립선암 특히 로봇수술에는 타의 추종이 불허될 만큼 가장 많이 하고 정교하게 하신다는 신촌 세브란스 최영득교수님에게 맡기고 만일 수술 후 문제가 있다면, 신촌 세브란스 조재호교수님에게 방사선 치료를 받기로 전원 합의 결정 후 6월 28일 재진료 예약을 하였습니다.

2013. 6. 28.
신촌 세브란스병원 비뇨의학과 최영득 교수 2번째 진료

가족들과 함께 진료실에 들어서면서 "교수님 로봇수술을 하기로 하였습니다. 이른 시일 내 수술을 할 수 있도록 선처를 해주시기를 바랍니다." 하고 말씀을 드리니 아주 친절하게 잘 결정하였습니다. 하시면서 다른 병원에서는 수술비가 일천만원이 넘는데 웃으시면서 우리 병원에서는 특별히 약 700만 원으로 해드리겠다고 말씀하신 기억이 나네요.

(나중에 알고 보니 신촌 병원에서는 로봇수술 장비 도입 후 수술 환자가 많아서 기계 도입 비용이 상쇄되었다고 들었습니다)

그리고 "특별히 돌아오는 일요일에 입원, 월요일에 수술을 할 수 있도록 빨리 예약해 드릴 테니 오늘 진료가 끝나는 즉시 바로 나가셔서 수술 전 검사를 받도록 하십시오."하는 말씀에 저는 몇 번씩 "정말 고맙습니다"라는 인사말과 함께 90도로 절하고 진료실을 나왔습니다.

진료실을 나온 후 간호사님들의 안내에 따라 심전도 검사, 흉부 X선 검사. 피검사, 수술 전 협진으로 심장 흉부마취과 진료 모두 수술하는데 이상이 없다고 판정하면서 저는 수술에 대비하여 몸과 마음을 차분히 가다듬었습니다.

제3부 놀라운 의술

입원과 수술 고민
불안한 마음 털고

1.전립선암 로봇 수술···공포의 연속

전립선암 로봇수술(다빈치) 치료(입원)

2013. 7. 1. 입원
신촌 세브란스병원 비뇨의학과 최영득 교수 수술받기 위해 입원(1일째)

드디어 내일 수술을 받기 위해 오후 2시경 신촌 세브란스 병원에 입원 수속을 하고 본관 8층 2인실에 배정을 받고 입원하였습니다.

수술 전날이라서 그런지 착잡한 마음과 불안한 마음이 머릿속을 맴돌아, 인턴과 간호사님으로부터 수술 과정에 대한 설명을 들었지만, 어떤 말씀을 하였는지도 모르고 멍하게 지냈습니다. 그러나 아내가 동행하면서 이런저런 이야기로 제 마음을 평온하게 해 주어서 힘들었지만 그런대로 시간을 보냈습니다.

저녁에는 수술 부위에 털을 깨끗하게 제거해야 한다고 면도기를 들고 오시기에 제가 할 수 있다고 하였으나 굳이 레지던트 님이 직접 수술 부위의 털을 면도기로 제거해주었으며 관장도 화장실 들락거리는 불편이 있었지만 잘 참았고, 밤 12시 이후 금식을 하고 잠자리에 들었습니다만, 죽음의 공포가 사라지지 않고 그동안 살아온 시간이 저의 머릿속을 엄습하며 이런 저런 공허한 생각이 저를 괴롭히는 바람에 잠을 제대로 이루지를 못했습니다.

2013. 7. 2.
입원 (2일째) : 다빈치 로봇수술

아침 7시 30분경 드디어 병실에서 남자직원 한 분의 도움으로 이동식 침대에 올라 제 아내와 함께 엘리베이터를 타고 수술실로 내려가 아내에게 "수술 잘 받고 나오겠다." 라고 잠시 결별의 인사를 하고 수술 대기실로 들어갔습니다. (아내는 환자 보호자 대기실로 간다고 하네요)

대기실에 들어가니 목사님이라고 하시면서 "수술 잘 되게 기도해드릴까요" 해서 네 좋다고 대답하니 5분 정도 "하나님 오늘 수술이 잘 되어서 완치의 길로 가게 해주세요." 하는 평안의 기도를 해 주신 기억도 나고, 수술 전에 맞으면 부작용이 덜 하다는 주사가 (눈과 관계가 있는지 잘 생각나지 않음) 있는데 비보험이라 본인 의사가 필요하다고 하여 저는 무조건 처방해달라고 서명한 기억도 납니다.

그리고 "첫 번째 수술 순서입니다." 하고 바로 옆 수술실로 이동하니, 아무것도 보이지 않고 큰 기계 및 푸른색 가운을 입은 의사와 간호사들로 추정되는 남녀 직원들만 왔다 갔다 하는 것만 눈에 띄었습니다. (8시경으로 추정) 이후 누군가 수술을 위해 사전에 마취 주사를 놓았던 기억 외에는 수술 후 회복실에서 눈을 뜰 때까지의 기억은 아무것도 없었습니다.

눈을 뜨고도 바로 입원실에 올라오지 못한 채 약 20~30분 간 회복실에 머물고 난 후 입원실에 올라오니 회복실 입구에서 아내와 아들 그리고 전 가족들이 초조하게 기다리면서 수술 후 지금은 어떠하냐고 묻기에 통증 주사 때문인지 아픈데도 없고 아주 기분이 좋다고 대답한 기억이 떠오릅니다. (수술 시간 약 3시간 추정)

저는 그래도 맹장 수술, 목(기관지와 식도의 종양) 수술, 오랜 기간의 시차를 두고 왼쪽 오른쪽 백내장 수술, 치질 수술 등 크고 작은 수술을 하도 많이 받아서 그런지 암이라는 병명으로 심적 고통은 심하였으나 막상 전립선암 수술은 담담하게 별일 없이 잘 마친 것 같습니다.

2.고통과 회복…오줌주머니를 차고

입원실에 올라오니 마취가 덜 깬 탓일까 계속 눈꺼풀이 천근이라 눈이 감기는데 아내는 간호사의 지시라면서 제 몸을 흔들어 눈을 감지 못하게 하는데, 혈관에는 주렁주렁, 어지럽게 수액제와 진통제의 링거병과 연결된 줄, 중간 복부에 연결된 죽은 피 배출 호수 및 비닐 주머니, 요도와 배뇨 관(요로 카테터)이 연결된 소변 저장 주머니 등 참으로 어지럽기 짝이 없는 모양새였습니다.

2013. 7. 3.
입원 (3일째) : 병실

아침 6시쯤 교수님이 회진을 오셔서 "수술은 잘 되었지만, 당초 예상과는 다르게 이미 진행이 조금 되었네요" 하고 말씀하시는데 ~~~!!! 바로 이런 것이 "청천벽력"이란 말로 무엇을 어떻게 교수님에게 물어보아야 할지 전혀 생각도 나지 않고 멍하니 듣고만 있었습니다.

정말 이제는 오래 살 수가 없구나? 라는 생각에 가슴 한구석에 품어온 작은 희망이 산산이 조각나며 절망으로 바뀌는 순간으로 교수님이 병실을 나가는 순간 아내와 함께 서로 손을 잡고 한 없이 훌쩍거리면서 눈물을 보였습니다.

이런 심정을 겪어보지 않은 사람은 알 수 없을 것입니다. 참으로 기가 막히고 숨이 막힐 것 같은 순간을 보내면서 체내에서 가스(방귀)가 나와야 식사를 할 수 있다는 간호사님의 말도 뒤로하고 오전 내내 침대에서 멍하니 시간을 보냈습니다.

그러나, 말기 암 환자도 심적 안정을 이루면 완치될 수 있다는 T
V 뉴스를 자주 보았다고 하면서 아무리 어려운 일이라도 솟아날 구
멍이 있다고 하는 아내의 위로의 말 한마디에 용기를 얻어 오후부터
8층 입원병실의 복도를 걷거나 TV 뉴스도 보고 간호사님에게 이것
저것 물어보기도 하였습니다. 퇴원 일자를 물어보니 이 병원에서는
대부분 3박 4일 입원 후 퇴원한다는 정보를 입수하면서 수술 후 2일
째를 보냈습니다.

오전 11시 경엔가 방귀가 나오면서 물을 조금씩 마셔도 된다는 간호
사의 말씀을 듣고. 목이 말랐던 입을 적시면서 오후 늦게부터 간간이
물을 마시고 저녁에는 꼭 이 좋은 세상에서 오래 살아야겠다는 각오를
새삼 되새기면서 악착스럽게 꾸역꾸역 죽을 한 그릇 다 깨끗하게 비우
고 저녁 식사 후에는 레지던트로부터 수술 부위 및 요도주위에 소독을
받고 병실 복도에서 약간의 걷기 운동을 하다가 잠을 이루었습니다.

2013. 7. 4.
입원 (4일째) : 병실

밤새 배뇨를 위한 요도 호수를 통하여 나와야 할 소변이 반은 밖으
로 배출되고 중간 복부 피 호수와 주머니도 자주 바꾸어 주어야 할
정도로 많이 나오고 있으니 정말 불편하기란 이루 말할 수 없었습니

다. 아마 수술 후에 보조 의사님들께서 마무리 작업을 하면서 실력이 없어서인지 아니면 대충 마무리를 한 탓인지 소변 줄이 방광과 밀착이 되지 않은 결과라니 조금 화도 치밀어 올랐습니다만 어찌하겠습니까?

오늘 일정상 퇴원해야 하는데 간호사에게 물어보니 병기가 심해서 그런지 내일 7월 5일(금요일) 병실이 아닌 진료실에서 정상 진료 후 퇴원하도록 결정되었다는 말을 듣고 다른 환자보다 1일 더 입원하라니 정말 고맙다는 생각도 들었지만, 한편으로는 상태가 너무 좋지 않아서 그런가하고 불안한 마음에 얼굴빛이 변하는 나 자신을 스스로 느낄 수 있었습니다.

그리고 가족 및 가까운 친지들의 병문안과 친구들과 지인들의 병문안 그리고 전화문안 인사로 인해 정신없이 시간을 보내야 하는 등 오히려 피로가 겹치는 탓에 병원에 오시지 않는 것이 빠른 쾌유를 위한 병문안이라고 친척이나 지인들을 설득하는 것이 오히려 힘든 일이었습니다.

하지만 모든 것을 꾹 참으면서 조금씩이라도 움직이는 운동이 좋다고 하는 담당 전문의 등 모든 의료진의 말씀을 귀담아 듣고, 8층 병원 입원실 복도 등을 여러 차례 왕복하며 걷고 다니면서 앞으로의 투병 생활에 대한 마음가짐을 새로이 다지면서 병원에서의 남은 시간을 보냈습니다.

2013. 7. 5.
입원 (5일째) : 병실

요도관(尿道管, urethra) 연결이 잘못되어서 밤새 오줌이 팬티와 환자복에 흠뻑 젖어 아침 일찍 옷부터 갈아입은 후 레지던트가 중간 복부에 삽입된 죽은 피 주머니와 호수를 제거한 후 "오늘은 회진이 아닌 본관 비뇨의학과 진료실에서 진료한 후에 퇴원 수속하라"는 담당 간호사의 말에 따라 아침 식사 후 병실 복도를 오가는 걷기운동과 텔레비전 뉴스 등을 보다가 10시 40분에 6층 비뇨기과 진료실에 내려가 11시 진료 시간을 기다렸습니다.

기다리는 동안에도 역시 요도관에 삽입된 소변 줄과 요도의 틈새로 오줌이 바짓가랑이로 줄줄 새어서 할 수 없이 기저귀를 화장실에서 다시 갈아야 하는 불편이 이루 말할 수 없었습니다.

레지던트는 수술하고는 관계가 없으나 수술 후 방광과 소변 줄의 밀착이 잘못되어 어쩔 수 없으니 불편하지만 소변 줄을 제거할 때까지는 참아야 한다는 말만 할 뿐 별다른 대책이 없었으니~!!!

다른 환자는 절대 이런 일이 없었으면 하는 생각을 하다가, 드디어 진료 시간이 되어 "다음 환자분 들어오세요!" 해서 진료실에 들어가니 최영득교수님이 저에게 "좀 어떠세요?" 하고 묻기에 "소변 새는 것 외에는 다 괜찮습니다."하고 말씀드리니 교수님께서도 조금 불편하더라도 참으시고 다음 진료 시에 요도관을 제거하고 그간의 경과도 봐야 하니 7월 12일쯤 진료 예약을 잡아주며 "다음 진료 일에 봅시다." 하기에 "네! 진정 감사드립니다!" 하고 머리를 깊게 수그려 인사를 올리고 진료실을 나왔습니다.

잠시 후 간호사가 "다음 진료일은 7월 12일 11시이니 그날 2시간 전에 오셔서 피검사 하고 오늘은 병원 입원실 수납 안내에서 수속을 마치고 퇴원하시라"는 말에 따라 수술 및 입원비용 등을 확인 정산 퇴원 수속을 마치고 4박 5일 만에 요도관 삽입 상태로 집에서 입고 온 평상복으로 갈아입고 간호사들과 다른 환자분들께 감사의 인사를 한 후 오후 2시경 퇴원하여, 아내와 아이들과 함께 모두 집으로 돌아왔습니다.

참 이럴 때 나 자신을 어떻게 표현해야 할지~~내가 얼마나 살까? 부작용은 없을까? 이런저런 생각으로 만감이 교차하는 순간을 맞으면서 옆에 있는 가족들에게 걱정을 시켜서는 안 된다는 생각으로 가끔 웃음을 띠기도 하였습니다.

가족들과 함께 한 저녁 식사는 즐거움과 슬픔이 뒤섞여 뒤죽박죽된 웃지 못 할 파티가 아니었을까? 하는 생각을 해 봅니다.

집에 오면서 걷거나 차에 내릴 때, 재채기나 기침을 할 때나, 심지어 방바닥이나 소파에서 앉았다 일어날 때마다 오줌이 옆으로 너무 많이 샐 뿐만 아니라 가만히 앉아있어도 소변의 반은 오줌주머니로 들어가지 않고 옆으로 흘러 바짓가랑이를 적시니 온 신경은 극도로 예민해지면서 수술 예후도 좋지 않을 것이라는 지레 짐작으로 살고 싶은 마음은 커녕 죽고 싶은 심정이 제 온 전신과 가슴을 후벼 팠습니다.

7월 6일부터 7월 12일까지 요도관으로 연결된 오줌주머니를 차고 불편하게 지내면서 요도관 밖으로 반 이상 오줌이 새지만 않았더라면, 7월 7일 너무나 소중한 구세주와 같은 다음 카페 전립선암 환우 사랑방이 개최한 정보 공유 모임에 반드시 참석하려고 하였으나 그만 참석하지 못하고 말았습니다.

지난 일이지만 소변 주머니를 차고서라도 참석할 걸 하고 후회하면서 이제부터라도 추운 겨울 눈 속에서 꽃을 피우고 있는 복수초와 같이, 여러 환우님과 정보를 공유하면서 깊은 암흑 같은 동굴에서 한 가닥의 불빛을 향해 빨리 빠져나오겠다는 신념으로 반드시 전립선암을 극복하겠다는 마음을 새로이 다짐하면서 인터넷을 통해 여러 가지 정보를 습득하는 데 온 심혈을 기울이기 시작하였습니다.

◆ **수술 후 조직 병리 결과** ◆

pT 3b/pNo (3 기말)

암종 : Adenocarcinoma, acinar type.

Gleason's score 7 (4+3)

신경침윤, 정낭 정관 오른쪽 왼쪽 모두 침윤,

방광(base) 쪽 절단면 양성

3.협진의 조화…정밀검사의 기적

수술 후 외래진료 및 치료 내용

2013. 7. 12.
(퇴원 후〈10일〉1차 외래진료) 비뇨의학과 최영득 교수

　아내와 함께 오전 6시경 집을 나서 8시 신촌 세브란스 본관 채혈실에서 9시 이전에 하라는 피검사를 끝내고 11시 진료라 10시경 6층 비뇨의학과에 도착했다는 접수를 하고 주변 대기실에서 진료 순서를 기다리다가, 먼저 요도 연결관 및 실밥 제거를 한 후 진료실에 들어갔습니다.

　진료실에 들어가니 친절한 목소리로 "그간 좀 어떠하셨어요?" 해서 저는 "오줌 줄이 잘 못 연결되어 애를 많이 먹었습니다. 오히려 상태가 너무 궁금합니다." 하고 말씀드렸더니 "림프샘 전이는 없고, 정낭 침윤 등 3기말이지만 수술 10일 경과 PSA 1.79로 괜찮습니다. 걱정하지 마시고 다음에는 전체 피검사도 해보고 7월 24일 날 다시 뵙지요" 하는 말에 저는 뭐가 뭔지는 모르지만, 아내와 함께 90도로 고개를 숙여 생명의 은인인 교수님께 그저 "고맙습니다! 감사합니다!" 하고 몇 번인가 인사를 드리고 진료실 밖으로 나왔습니다.

잠시 기다리다가 다음 진료 예약 등 안내를 받고 바로 기록실에 가서 그간의 수술 병리 기록지를 신청한 후 20분간 기다리다가 받았습니다.

제가 보아야 뭐가 뭔지 아무것도 모르지만, 그간에 배운 상식으로 조직검사 시 암의 악성도를 나타내는 그리슨 점수가 조직 검사 시 3+4에서 4+3으로 약간 높아진 것 외에는….

그래도 병리 기록지에 대한 해석과 함께 내 투병의 앞날을 예견해 주는 '전립선암 환우 사랑방' 카페지기인 '불곡산인' 이라는 든든한 희망의 등불이 계시기에 한 편으로는 마음이 든든하였습니다.

진료 다음 날인가 운 좋게 카페지기님을 뵙고. 병리 기록지 해석을 듣게 되었습니다. 림프샘 5개소를 절재한 곳에서는 전이 없는 것으로 판정되었으나, 정낭, 정관 양쪽 모두 침윤, 성 신경 침윤, 그리고 방광 쪽으로 절단면 양성, 앞으로 면밀히 PSA 수치 변동 사항을 잘 지켜보면서 치료 방향을 결정함이 좋을 듯 같다는 전문의보다 더 세밀한 멘토를 해 주셨습니다.

(pt 3b/pno 악성도 4+3+7)

이때 정말 전립선암 환우 사랑방이란 다음 카페의 존재 가치를 실감

하면서 이렇게 희생봉사를 하실 수 있을까 하면서 감탄을 하였으며 이날 병리 기록에 대한 카페지기의 해석과 병의 진행 방향에 대한 조언은 이후 나에게 있어 앞날의 예언서와 같은 것이었고 모든 것이 사실 그대로 현실화하였으며 그 지침대로의 길을 걷게 되는 것이었습니다.

2013. 7. 24.
(수술 후〈22일〉 2번째 외래진료) 비뇨의학과 최영득 교수

그동안 발기부전 문제는 생각해 보지도 못하고 요실금이 심해서 병원 내 의료기기 파는 곳에서 요실금 패드를 구매 하루 2~3장을 사용해야 하는 불편을 겪었지만 우선 전립선암을 치유할 수 있을까 하는 막연한 두려움에 발기부전 문제는 제 마음 언저리에도 남아 있지 않았습니다.

역시 오늘도 9시에 피검사를 마치고 기다리다가 11시 20분경 진료실에서 주치의를 만나 뵈니 "PSA 수치는 0.28로 앞으로도 계속 떨어질 것 같으나 당수치가 120으로 약간 있고 빈혈도 조금 있어 관련된 약을 조정하여 처방하였으니 잘 챙겨 드시고 술, 담배, 홍삼, 인삼, 개고기는 가급적 드시지 마시고, 한 달 후에(8월 21일 10시 10분 진료예약) 다시 봅시다." 라고 친절하게 말씀하심에~! 그날도 "고맙습니다! 고맙습니다!" 하고 덥석 머리 숙여 인사 말씀만 연신 되풀이하고 진료실을 나왔습니다.

수술 후 PSA 정상적인 변동 추이를 보면 다른 환우님들에게 들은 정보나 인터넷으로 여기저기 검색해 본바, 수술 후 매일 매일 반감기 과정을 겪으면서 1개월 정도면 0.01 이하가 되어야 한다고 하는데 이에 이르지 못하니 불안한 마음을 금치 못했습니다.

2013. 8. 21.
(수술 후〈50일〉 3번째 외래진료) 비뇨의학과 최영득 교수

오늘 역시 사전에 피검사를 마치고 10시 10분 진료 시간을 기다리는 중 PSA 수치가 떨어지지 않으면 어쩌나 하고 별의별 생각과 억척을 하였습니다.

10여 분을 기다리다가 호출이~~ 진료실에 들어서자 주치의 님이 "그동안 어떠셨습니까?" 저는 "네! 요실금은 조금 있었으나 잘 지냈습니다." 하고 말씀드리니 "오늘 PSA 0.03으로 좋습니다. 다음에는 피검사는 물론 M R I 도 찍어봅시다." 하면서 "진료 일주일 전쯤 검사를 하고 진료 2개월 후에 봅시다." 해서 진료실 밖으로 나오니, 잠시 후 간호사가 검사는 10월 17일 8시 45분, 진료는 10월 23일 10시 10

분에 예약해 주어서 원무과에 의료비를 수납하고 귀가 하였습니다.

그러나 PSA 수치가 일정 기간(평균 30일 정도) 지내면 0.01 이하 수준으로 떨어지지 않으면 암 잔존의 가능성이 있다는 선배 환우님들의 조언 때문에 방광 쪽 절단면 양성으로 확실히 방광 주변에 암이 조금 남아 있다고 생각을 하면서 스스로 스트레스를 너무 많이 받았습니다.

그 후 8월 25일 '전립선암 환우 사랑방' 카페 번개모임에 참석 인사를 하기 무섭게 카페지기님과 여러 환우에게 "수술일이 50일이나 지났는데 PSA 수치가 0.03으로 0.01 이하가 되지 못하여 불안하다"고 말하니 아산병원에서는 0.04 이하는 측정하고 있지 않으니 이구동성으로 너무 걱정하지 말라고 참석자 모두 위안을 해 주셔서 마음의 안정을 찾은 기억이 되살아납니다.

2013. 10. 23.
(수술 후〈3개월 20일〉 4번째 외래진료) 비뇨의학과 최영득 교수

진료 1주일 전인 10월 17일 피검사 및 MRI 검사를 마치고 사전에 결과를 확인해보니, PSA 0.04 (수술 후 105일)로 오히려 조금 올라 아내와 함께 초조함과 불안감 등 심적 고통이 엄습하였습니다. 1주일이란 진료 시간을 기다리면서 너무 긴 시간이 아니었나, 생각됩니다.

검사 후 1주일이 지나 드디어 진료일이 다가왔네요. 오전 9시경 미리 병원에 도착하여 비뇨의학과 앞에서 기다리는 동안 10시 10분 진료 시간이지만 상담 시간이 지연된다는 자막을 보면서 MRI 결과에 이상이 있을 것 같은 불길한 예감이 제 머릿속을 스치는 순간, 저의 진료 순서가 돌아왔습니다.

진료실에 들어가니 교수님이 "그동안 어떠셨습니까?" 하고 말씀을 하시어서 "저는 지금 불안해 죽겠습니다. 검사 결과는요?" 하고 물어보니 영상을 보면서 "사진(MRI)으로 볼 때 이상이 전혀 없고 PSA 0.01 상승한 것에 큰 의미를 두지 말라"고 하면서 "최선의 치료를 해 드릴 테니 너무 걱정하지 말고, 다음 진료 전에 몸 전체의 다른 질환에 대한 이상 여부도 알아볼 겸 정밀 피검사와 함께 PET-CT, 한번 찍어보고 약 4개월 후에 보자"고 하였습니다.

교수님에게 45도로 절을 하면서 진료실 밖으로 나오니, 간호사가 2월 12일 PET-CT와 피검사 2월 19일 09시 50분 진료 등 일정 예약을 해 주어서 원무과에서 진료 수납을 한 후 집에 돌아왔습니다.

인터넷 검색 등으로 불안한 마음을 가눌 길이 없었지만, 담당 주치의 최교수께서 최선의 치료를 하고 있으니 너무 걱정하지 말라는 말과 미미한 수치 상승에 의미를 두지 말라는 위로의 한 마디로 약간의 안정을 찾았지만 불안한 제 마음을 숨길 수는 없었습니다.

대부분 환우님이 약 3개월이면 요실금도 없어진다는 말은 저에게는 꿈같은 얘기이었지만, 요실금 패드 없이는 하루도 지낼 수 없는 불편한 생활에 대한 염려와 걱정 보다는 혹시 암이 재발하지 않을까 하는 불안한 예감이 제 머릿속에 꽉 차 있었을 뿐이었습니다.

2014. 2. 19.
(수술 후〈7개월 17일〉5번째 외래진료) 비뇨의학과 최영득 교수

1주일 전인 2월 12일 PET-CT와 피검사를 한 후에 결과를 알 수 있는 진료일까지 1주일이란 긴 시간을 참고 견딜 수가 없어 2시간 정도 신촌 연세대학교 교정을 산책하다가 피검사 기록지를 받아 보았습니다.

그 결과 이게 무슨 청천벽력입니까? PSA 수치가 0.04에서 3개월 만에 0.12까지 상승하다니 제 머릿속은 이제 전립선암이란 병이 재발하여 수술치료의 한계로 버티지 못하고 사랑하는 아내와 가족 특히 눈에 넣어도 아프지 않은 손자, 손녀와 함께 할 시간이 얼마 남지 않고 이 좋은 세상에서 유명을 달리해야 할 순간이 곧 다가올 것만 같은 절망감에 저도 모르게 장탄식의 비명을 질렀습니다.

그래도 그동안 인터넷이나 전립선암 환우 사랑방이란 카페를 통하여 습득한 전문 지식 그리고 일반상식 등 정보를 머리에 떠올리면서 절단면 양성으로 판명된 방광 쪽을 호르몬 치료와 병행 보조 방사선으로 치료하면 완치는 어렵더라도 생명 연장은 가능하지 않을까 하는 한 가닥 기대감으로 집에 돌아와 인터넷 등을 통하여 각종 정보를 밤낮없이 찾아보았습니다.

또한 카페지기와 지인들에게 문의도 하면서 카페 전립선암 환우 사랑방의 선배 환우 선비님이 올려놓은 전립선암 치료 지침서 (NCCN)를 숙독하였습니다.

PSA 수치가 더블 타임으로 상승한 점을 고려하여, 이 지침서에 따라 생화학적 재발 수치인 0.2까지 상승하지 않았더라도 방사선 치료를 하면 어떠냐고 물어보고 가능하다면 바로 방사선 협진을 하게 해 달라고 진료 시에 주치의 교수에게 말씀드려 보겠다고 다짐해 보았습니다.

1주일이란 기간은 짧지만, 저에게는 몇 년 같은 긴 시간이었습니다. 어떻게 지냈는지 조차 기억하고 싶지 않을 만큼 세상만사가 다 허무하고 죽고 싶은 심정으로 하루하루를 지냈다고나 할까요, 정말 하늘도 무심할 뿐이었습니다!

너무 고지식하다는 손가락질을 받으면서도 공직생활에서 청렴결백을 실천하려고 애써 노력한 저에게 이런 시련을…

결국 대충 타협하면서 적당히 지내는 삶을 영위하지 못한 것에 대하여 벌을 받는 것이 아닐까? 하는 말도 되지 않는 억측도 해 보았습니다. 원만함이란 무슨 의미일까요? 참 기가 막히고 한숨이 절로 나왔습니다.

옆에서 지켜보는 아내의 심정은 저보다 더한 것 같았지만 저를 위로해야 한다는 강박관념 때문인지 겉으로는 의연하고 태연한척하였지만, 밤에는 잠을 이루지 못하고 소리 죽여 울고 있는 아내를 옆에서 보고 있자니 남편 노릇 변변히 못한 제가 정말 죽어야 할 죄인이라는 생각이 들었습니다.

드디어 2월 19일 잠도 제대로 이루지 못한 채 새벽같이 눈을 떠 진료시간 1시간이나 일찍 신촌 세브란스병원 본관 6층 비뇨의학과 진료실에 도착하였습니다.

진료 접수를 마치고 모니터링을 보면서 너무 긴장한 탓인지 화장실만 들락거리다가 드디어 차례가 되어 진료실을 들어가니 최교수님이 영상을 보면서 "PET-CT 상에는 아무 이상이 없습니다. 그런데 PSA

수치가 많이 상승하였습니다." 라고 말합니다.

그 말이 끝나기가 무섭게 제가 "전립선 특이항원인 PSA 수치가 더블 타임으로 오르고 방광 쪽에 절단면 양성도 있으니 바로 방사선 치료를 하면 어떻습니까?" 하고 여쭈었더니~! 교수님 "네 방사선 치료를 빨리할 수 있도록 전립선암 전문가인 방사선종양학과 조재호 교수에게 바로 협진하여 드리겠다"고 하면서 "원 발인 전립선 조직을 제거하였기 때문에, 2차 보조 방사선 치료로도 완치될 수가 있으니 너무 걱정하지 말고 제가 특별히 세밀하게 보살펴드리겠으니, 힘내시고 치료에만 전념하라"고 말하네요. 그래서 저는 몇 번인가 다시 "고맙습니다" 라고 인사한 후 진료실 밖으로 나왔습니다.

(정말 너무 친절하게 대해 주신 위로의 말씀 지금도 생생하게 제 머릿속에 남아있습니다. 당시를 생각하면 지금도 정말 감사할 따름입니다).

잠시 후 간호사가 "방사선종양학과 조재호교수님은 강남 세브란스에서 외부 방사선 치료 환자만 하시고, 신촌 본원에서는 수요일만 내부 방사선(브라키테라피) 환자를 진료하시기 때문에, 전립선암 내부 방사선 외엔 협진이 안 된다"고 하면서 "다른 교수님에게 치료받으면 어떠냐?"고 해서 "예" 하고 대답하니 바로 3월 10일 09시 40분 방사선종양학과 K교수님 협진으로 진료 예약을 해 주었습니다.

최영득 교수님 진료 시 처방한 1차 남성 호르몬 억제 주사인 졸라텍스(약효 기간 : 3개월)를 항암약물 치료센터에서 맞고 난 후 지푸라기라도 잡고 싶은 심정으로 방사선종양학과 조재호교수에게 치료를 받고 싶은 미련이 남아 비뇨의학과 접수창구에 근무하고 있는 간호사에게 "수요일 외 다른 날 강남 세브란스에서 방사선종양학과 조재호 교수님에게 치료를 받을 방법이 없느냐?"고 물어보았습니다.

X간호사는 "신촌과 강남병원의 재정 분리 관계로 협진은 안 되지만 영상이나 모든 기록 자료는 공람할 수 있으므로 1차 의료 기관에서 진료의뢰서를 발급받아 강남 세브란스 병원에 진료 예약을 하면 될 수 있다"는 조언을 해 주었습니다.

그래서, 강남 세브란스병원에 문의 후 신촌 세브란스 K교수의 진료 예약을 취소하고 2014년 2월 20일 강남 세브란스병원을 방문하여 2014년 2월 27일 방사선 종양학과 조재호 교수의 진료를 예약하였습니다. 이것도 행운이 아닌가 하고 생각하니 온종일 기분이 좋았습니다.

결국 수술로 완치를 기대해 보았던 조그마한 희망도 완전히 사라지고 오직 호르몬 치료와 보조 방사선 치료로 모든 것을 새로 시작하는 기분으로 마음을 차분하게 가다듬고 돌다리를 한발 한발 건너야 하는 기나긴 힘든 투병 생활이 시작되었다고나 할까요.
(2월 19일 호르몬 치료 : 졸라덱스, 〈약효 기간 3개월)

제4부 새로운 희망

뜨거운 격려 속에
무한한 감사 느껴

1.보조 방사선치료(토모)

절박한 상황에서 시작

2014. 2. 27.

강남 세브란스병원 방사선종양학과 조재호교수 첫 번째 진료

전날 2월 26일 다음 카페 전립선암 환우 사랑방 C지기님이 "본인도 J교수에게 치료를 받았다"고 하면서 "돌손 환우님의 치료에 대하여 특별 부탁하겠노라"고 하면서 완치될 수 있으니 방사선 치료 잘 받으시라고 전화까지 해 주셨습니다.

이 각박한 세상에 잘 알지도 못하는 이 사람을 위하여 힘과 용기를 주심에 저는 정말 종교도 믿지 않으면서 마음속으로 하느님하고 외치면서 "지기님 너무너무 고맙습니다. 정말 평생, 이 은혜 잊지 않겠습니다"하고 인사를 드린 기억이 채 가시기도 전에 ~~~!!!

오후 3시 40분경인가 4시 20분 조교수 진료를 받기 위해 아내와 함께 진료 시간을 기다리던 중 다음 카페 전립선암 환우 사랑방 지기님이 알라딘 마법사처럼 갑자기 제 앞에 나타났습니다.

너무 반가워서 "지기님 어떻게 여기를?" 하고 말문이 막혀 어쩔 줄을 모르고 있는 순간, "돌손 님 진료 동행하러 왔습니다. 너무 걱정하지 마세요. 조교수님이 전립선암 방사선 치료에 1인자이시고, 제가 진료 시에 함께 들어가서 진료 및 치료에 도움이 될 수 있도록 조언과 부탁을 한번 하겠습니다." 하시는데 마음이 울컥하면서 두 뺨에 눈물이 흘러내렸습니다.

우리 한번 상상해 봅시다. 이 치료를 받으면 얼마나 더 살 수 있을까? 하고 노심초사하는 시점에 조그마한 도움이라도 주겠다고 근무 시간 중 어려운 시간을 내어 진료 동행을 해 주겠다고 병실 앞에 천사가 나타났으니, 누구라도 눈물을 흘리지 않았을까요? 눈물이 나지 않는다면 사람이 아니라 짐승이지요~~!!!

지금도 이 글을 쓰면서 그때 그 고마움의 생각에 모골이 송연해지며 다시 눈물을 훔쳤습니다.

조금 후에 지기님과 함께 진료실에 들어가니 먼저 조교수님과 지기님이 인사를 나누면서 메일 보낸 것 등을 말하고 "교수님 지금 진료 받으러 오신 옆에 계시는 분이 저에게 아주 가까운 절친이니 잘 부탁드린다"고 하면서 지기님이 말하는데 정말 천군만마를 얻은 듯 힘이 솟구쳤습니다.

교수께서 "그럼요! 내 가족과 같이 최선을 다해 치료해 드리겠습니다." 라고 친절하게 말하시면서 영상 및 기록을 보더니 PSA 0.12 수치로 왜 방사선 치료를 받으시려고 하나요? 하고 물었습니다.

바로 저는 신촌 본원 최영득 교수님에게 받은 수술내용 후 그간의 치료 경과를 설명하면서 "본원에서 조재호교수님 협진이 안 되어서 K교수님과 협진하기로 예약을 하였다가 취소하고, 별도로 교수님에게 치료를 받기 위해 오늘 이렇게 강남 세브란스병원으로 왔습니다" 하면서 당초 C교수가 K교수에게 협진 의뢰한 진료 의뢰서를 보여드렸더니, 바로 "1주일 후 3월 3일 각종 검사와 설계 후 방사선 치료에 들어갈 수 있도록 해 주겠다"고 하셨습니다.

"고맙습니다." 하고 인사를 하면서 오히려 제가 "오래 전에 중국 황산 여행 일정이 잡혀있어 방사선 치료를 5일 정도 연기하면 안 되겠느냐?" 고 말씀드렸더니 "조금 늦어도 괜찮으니 절대 걱정하지 말고 안심하라" 고 하면서 "3월 10일 치료 설계를 위한 CT 촬영 등 각종 검사를 하고 3월 17일부터 24회 전립선암 방사선 치료를 시작하자"고 하면서 아주 친절하게 "저를 믿고 방사선 치료에 임하시면 완치도 될 수 있다"면서, 희망과 용기를 주는 말씀이 아직도 제 머릿속에 생생히 남아있습니다.

정말 구세주를 만났습니다. 조언과 진료 도움을 주시는 카페 지기님, 방사선 치료를 가족처럼 치료해 주시겠다는 조교수님을 오늘 같은 시간에 함께 만나 뵙다니 행운이 넝쿨째로 굴러들어왔습니다.

그 황홀한 기분을 느끼면서 그날의 진료는 끝이 났습니다. 하나님 감사합니다! 제가 인생을 헛되이 죄악 속에서 살아오지 않은 것만은 분명합니다!!!~~

이렇게 제 주변에 천사 분들이 여럿 계신 것을 보면!!!~~

2014. 3. 10. (방사선 치료 준비)
방사선 치료를 위한 사전 검사 및 설계

중국 황산 여행을 마치고 돌아온 후 3월 10일 오후 2시경 강남 세 브란스병원에 도착하여 CT 촬영과 방사선 치료 계획 및 설계를 위하여 방사선종양학과 토모 치료실에서 2시간 소변을 참은 후 고무풍선을 항문에 넣은 채(방사선 피폭을 최소화하기 위한 기법) 토모테라피 방사선 치료기에 몸을 맡기고 약 30분 간 조사 범위의 표식과 설계 준비 검사를 하고 PSA 수치를 알기위하여 피검사도 하였습니다.

호르몬 주사 후 PSA 수치 변동이 너무 궁금해서 병원 내에서 커피도 마시면서 2시간을 기다리다가 피검사 결과를 보니 0.09로 1차 남성 호르몬 억제 주사의 효과가 약간 나타났습니다. (주사 후 20일 경과)

2014. 3. 17. (1회)
24회 방사선 치료 계획에 의거 오후 5시 30분 첫 토모 방사선치료 2시간 소변 참은 후 약 10여 분 준비 및 방사선 선량 투입 치료
[1회 방사선량 : 2.4그레이 24회 총 57.6그레이]

[간호사님과 방사선사님이 너무 친절해서 그 분들의 성함을 기록해 놓았습니다. (K 방사선사님, K 방사선사님, K 간호사님)

최근에 전화 통화를 하여 보니 남성 방사선사는 현재 근무하고 있으나, 여성 방사선사와 간호사는 퇴사하였다고 합니다. 제가 그동안 그렇게 친절하고 가족같이 편하게 치료해 주신 고마운 분들에게 무심하기 짝이 없었습니다! 제 살길만 찾아다니느라 정신이 없었으니~

[1회 방사선량 : 2.4그레이 24회 총 57.6그레이]

2014. 3. 18. (2회)
오후 4시 05분 토모테라피 방사선 치료
호르몬 영향인지 자주 가슴으로 열이 오르고 땀이 많이 남

2014. 3. 19. (3회)
오후 3시 55분 토모테라피 방사선 치료

2014. 3. 20. (4회)
오후 3시 55분 토모테라피 방사선 치료

2014. 3. 21. (5회)
오후 4시 정각 토모테라피 방사선 치료

2014. 3. 24. (6회)
오후 3시 40분 방사선 치료 부작용 등 확인을 위한 피검사 실시 오후 4시 정각 토모테라피 방사선 치료
오후 5시 20분 조재호교수님 진료

범위를 넓게 하여 림프샘 부분까지 방사선 치료를 하도록 하였다고 함.

2014. 3. 25. (7회)
오후 4시 05분 토모테라피 방사선 치료

24일 피검사 결과는 담당 간호사님이 이상 없다고 함.

2014. 3. 26. (8회)
오후 4시 정각 토모테라피 방사선 치료

2014. 3. 27. (9회)
오후 3시 50분 토모테라피 방사선 치료

피검사 기록지 확인 : 이상 없음

오후 5시 선릉 탑 비뇨기과에서 PSA 수치 검사

(0.04로 호르몬 치료의 영향으로 추정)

2014. 3. 28. (10회)
오후 4시 정각 토모테라피 방사선 치료

2014. 3. 31. (11회)
오후 4시 정각 토모테라피 방사선 치료
오후 4시 30분 조재호교수님 진료

수술 후 조직 병리 검사 상 방광 쪽 절단면 양성으로 암이 잔존 되어 있을 확률이 높아 당연히 예후가 나쁠 것으로 예상이 되는 절재면 주변에 방사선 치료를 한다고 설명해 주어서 안도감을 찾음.

일반 피검사 외 PSA 수치 검사도 요청하였더니 아직 10회 정도밖에 방사선 치료를 하지 않았으므로 실효성이 별로 없으니 필요한 시점에 검사하신다고 답변을 주셨고 일반 피검사 결과는 백혈구 등 이상이 없다고 하였음.

2014. 4. 1. (12회)
오후 3시 50분 토모테라피 방사선 치료

2014. 4. 2. (13회)
오후 4시 정각 토모테라피 방사선 치료

2014. 4. 3. (14회)
오후 3시 55분 토모테라피 방사선 치료

2014. 4. 4. (15회)
오후 3시 45분 토모테라피 방사선 치료

2014. 4. 7. (16회)
오후 3시 30분 피 검사

오후 4시 05분 소변이 많아 치료 중단하고 소변 일부 배출
오후 4시 30분 소변 량이 너무 적어서 치료 잠시 중단하고
진료 2시간 후 방사선 치료하기로 연기

오후 5시 정각 조재호교수님 진료

야간 요 3~4회로 불편하다고 답변

피검사 결과는 이상 없다고 함

오후 7시 정각 토모테라피 방사선 치료

2014. 4. 8. (17회)
오후 4시 정각 첫 번째 고무풍선 삽입 이상으로 10분 후 2번째 고무풍선
재삽입 후 토모테라피 방사선 치료 : 치료 후 바로 설사

[저녁부터 psp-50 (운지버섯 균사체 추출물) 1회 3캡슐 1일 3회 복용]

2014. 4. 9. (18회 예정)
토모테라피 방사선 기계 고장으로 치료하지 못하고
4월 12일 토요일로 연기

2014. 4. 10. (18회)
오후 4시 10분 토모테라피 방사선 치료를 시작 예정이었으나
기계 고장으로 인하여 5분 지연 4시 15분에 치료

2014. 4. 11. (19회)
오후 3시 45분 토모테라피 방사선 치료

2014. 4. 12. (20회)
오후 09시 50분 토모테라피 방사선 치료

2014. 4. 14. (21회)
오후 3시 20분 피검사
오후 3시 40분 토모테라피 방사선 치료
오후 4시 30분 조재호교수님 진료 4월 17일 방사선 24회 치료 마치고 5월 19일 3시 40분에 방사선 치료 효과도 확인할 겸 외래 진료 예약 기타 다음 전립선암 환우 카페 활동 등 덕담

2014. 4. 15. (22회)
오후 3시 50분 토모테라피 방사선 치료

2014. 4. 16. (23회)
오후 4시 05분 토모테라피 방사선 치료

2014. 4. 17. (24회)
오후 3시 50분 토모테라피 방사선 치료 마지막 24회 방사선 치료

마지막 방사선 치료를 마치면서 혹시 치료가 잘못되어 어둠속에 간

혀 이 밝은 세상을 보지 못하는 것이 아닌가 하는 불안함과 괴로움으로 잠을 이루지 못했습니다만, 앞으로 누군가에 의해 동굴 속으로 밝은 빛이 비칠 것이라는 기대를 하면서 이 캄캄한 동굴 속에서 반드시 빠져나갈 수 있다는 자신감으로 이제 힘들더라도 뒤를 돌아보지 말고 앞만 보고 달려가며 반드시 해가 떠오르는 일출을 바라보면서 밝은 세상을 살아 보겠다는 다짐을 하였습니다.

자신감을 가지고
희망과 용기를 키운다.

2. 외래진료 및 치료

수술 및 방사선치료 후 진료내용

2014. 5. 19.
〈방사선치료 후 〈1개월 2일〉 호르몬 주사 후 〈3개월〉〉
강남 세브란스병원 방사선종양학과 조재호 교수 첫 번째 외래진료

오전 강남 세브란스 병원 채혈실에 도착하여 11시에 피검사를 시행하고 잠시 병원 주변에서 점심을 먹고 마음을 졸이며 기다리다가, 오후 3시 40분에 차례가 돌아와 진료실에 들어가니 조교수님이 기록을 보면서 "PSA 수치가 0.으로 좋습니다"라고 말합니다. 그 말이 끝나기 무섭게 바로 저는 "수치가 낮아진 것이 호르몬 주사 영향이 아닌가요?" 하고 물어보았습니다.

교수님은 "복합적인 것으로 판단되고 점차 방사선 효과로 나타날 것"이라고 말하고 웃으시면서 "80세 이상 보장하시겠다"고 덕담까지 해주시어 오랜만에 살 맛 나는 기분을 느끼면서 "고맙습니다." 하고 몇 번인가 인사를 한 후 진료실을 나와 다음 진료 일정을 8월 18일 오후 3시 30분으로 예약하고 귀가하였습니다.

2014. 6. 11.
〈수술 〈11개월〉 방사선치료 〈1개월 23일〉〉
신촌 세브란스병원 비뇨의학과 최영득 교수 6번째 외래진료

진료 전날 14년 6월 10일 오후 신촌 연세 암 병원에서 혈액검사 후 연세대학교 교내를 산책하다가 2시간 후 의무 기록지를 열람하니 PSA 수치 〈0.01을 보고 안도의 한숨을~~~!!!

이튿날 6월 11일 오전 10시 40분 최교수님 뵈니 "그동안 어떠셨어요?"하고 묻습니다. "예 좋습니다만, 그동안 호르몬 부작용으로 시도 때도 없이 열이 나고 해서 잠을 제대로 이루지 못한다"고 말씀드렸더니 영상을 보면서 "PSA 수치가 0. 이네요, 아주 좋습니다. 방사선 효과를 보는 것 같네요. 예후가 좋으니 앞으로 부작용이 많은 호르몬 치료는 중단하고 고지혈증 치료제인 (아트로바 정) 혈액 순환에 도움이 되는 아스피린 그리고 위염이 있다고 하니 위장약(란스톤, 캡슐)을 처방해 드릴 테니 잘 챙겨 드시고 6개월 후에 진료하자"고 밝은 목소리로 웃으시면서 말씀하시기에 "교수님! 정말, 정말, 이 은혜 평생 잊지 않겠습니다!" 하면서 90도로 절하고 진료실을 나와 2014년 12월 3일 진료 일정을 예약하고 귀가하였습니다.

그래도 다음카페 지기님에게 "방사선치료의 예후는 좋지만, 아직도 호르몬 영향이 아닌지 조바심이 난다"고 말하였더니 "적절한 시기에 치료하였으니 반드시 좋은 결과가 나타날 것이니 걱정을 할 일이 아니다"라고 하였습니다.

참 지금 생각해도 그 위로의 말 한마디 천금보다 귀한 생명의 말이 아니었나 생각됩니다.

2014. 8. 18.
(수술 〈13개월 18일〉 방사선치료 〈4개월〉)
강남 세브란스병원 방사선종양학과 조재호 교수 2번째 진료

오후 1시경 채혈실에서 검사용 피를 뽑고 진료대기실에서 아내와 함께 이런저런 얘기를 나누다가 드디어 진료실에 들어가니 "어서 오세요." 하면서 가까운 가족 친지처럼 반갑게 맞이해 주시면서 "피검사결과 0입니다, 너무 좋습니다. 이제 호르몬 영향도 차츰 감소, 앞으로 예상대로 좋은 결과가 있을 것으로 기대합니다. 마음 놓으세요."라고 하는데 그래도 저는 조바심이 나서 "다른 환우들도 호르몬 처방 후 7개월 이상 지낸 시점에서 수치가 상승하는 경우가 종종 있다는데 아직은 방사선 효과보다 호르몬 영향으로 좋은 수치가 나타나고 있는 것이 아닐까요?" 라고 문의하였더니 "복합결과로 생각되지만, 호르몬 약효 기간이 3개월로 거의 끝나는 시점이라 걱정하지 말라"고 하는 위안에 가슴을 쓸어 내렸습니다.

"정말 신촌 세브란스병원에서 여기 강남 세브란스병원까지 와서 교수님에게 방사선 치료를 받은 것이 천만다행이고 행운이었습니다."라고 하면서 11월 17일 오후 3시 진료 일정을 예약하였습니다.

그 후 환우 사랑방 카페 및 인터넷 검색 등을 통해 배운 면역 강화 보조 치료를 위해 체온을 올리면서 신체 단련을 위한 운동과 반신욕을 날마다 하기 위해서 정기 헬스 및 사우나 시설 이용권을 구매하였고 선배 환우의 조언과 인터넷 검색을 통하여 알게 된 면역강화 보조 식품인 운지버섯 균사 추출물인 PSP-50을 복용하기 시작하고, 10월 8일에는 보건소에서 독감 예방 접종도 하였습니다. 오래 살아 보겠다는 몸부림을 부렸습니다.

또한 만약 방사선치료가 완벽하지 못하다면 호르몬 주사 처방을 해야 한다는 마음의 부담감으로, 11월 13일 한국 아스트라제네카 회사에 전화를 걸어 졸라덱스 호르몬 주사를 맞은 이후 가슴에 열감이 오르고 숨이 차면서 가슴이 답답하고 이마에 땀이 매일 5분여간 여러 수십 번 나는 부작용을 없애는 방법 등을 문의하였으나, 체질에 따라 부작용의 심도가 다르다는 것 외에는 별다른 시원한 답을 듣지 못해 크게 실망한 일도 있습니다.

2014. 11. 17.
(수술 〈16개월 18일〉 방사선치료 〈7개월〉)
강남 세브란스병원 방사선종양학과 조재호 교수 3번째 진료

11월 17일 오전 11시 채혈실에서 피검사 후, 오후 3시 30분에 진료실에 들어가니 교수님이 "오늘 역시 PSA 수치가 0" 이라고 하면서 "이제 정말 걱정 안 하셔도 좋다"고 말씀하시는데 참으로 사람 마음이 이렇게 변하다니 전립선암이란 놈만 물리치면 된다고 마음속 누누이 되새겼건만 이제는 삶의 질 문제가 제 머리를 어지럽히기 시작했습니다!~~ 해서 교수님 요실금이 시간이 갈수록 심해지고 특히 등산이나 골프 등 심한 운동을 할 시에는 반드시 패드 착용을 하여야 하고, 호르몬 치료가 9개월이 넘었는데도 시도 때도 없이(하루 15회 정도) 열감이 가슴 위로 오르면서 가슴이 답답하고 숨이 차면서 다한증같이 이마에 많은 땀이 나는 것이 지속하고, 대변을 보거나 컴퓨터 검색 등 정신을 집중하게 되면 더 심하게 나타나는데 대부분 환자는 호르몬 처방을 중단하면 얼마 안 되어서 없어진다고 하는데 저만 왜 이런 부작용이 멈추질 않고 또한 손발이 차고 발등이 화끈거리면서 시리고 저린 현상이 너무 심하고 수면 양말 없이는 잠을 이루지 못해 요즘 반신욕 및 족욕을 매일 하고 있다고 말씀드리니 별말씀 없으시고 기록을 남기시는 듯했습니다.

그리고 "지난번에 신촌 세브란스병원 비뇨의학과 최영득교수님 진료 시 검사한 PET-CT 결과 폐기종이 있다고 확인되었는데 그런 것도 원인이 아닐지 한번 봐 주십시오" 하니 영상 확인 후 이상이 없다고 하시며 다음 진료 일정을 2015년 3월 16일 오후 3시에 예약을 하고, 숨이 찬 것이 마음에 걸리면 호흡기 내과 교수님에게 협진 의뢰해 드릴 테니 진료 한번 받아 보라고 해서 5시 K교수님에게 협진 진료를 받은바 폐기종이 약간 있으나 앞으로 담배만 피우지 않으면 별문제가 없으니~~걱정하지 말라고 말씀하시어서 안심하고 아내와 애들에게 진료 결과가 좋다고 전화 후 귀가하였습니다.

2014. 12. 3.
(수술 〈17개월〉) 방사선치료 〈7개월 14일〉
신촌 세브란스병원 비뇨의학과 최영득 교수 7번째 외래 진료

전날 12월 2일 오전 11시경 암 병원 채혈실에서 피검사 하고 2시간 후 의무기록 사본을 발급받아 확인하니 PSA 수치 0.01 이었습니다.

12월 3일 오전 11시 40분 병원 비뇨의학과 최교수님 진료실에 들어가니, 반갑게 맞이해 주시면서 "오늘도 PSA 수치가 0 이네요," 하면서, 방사선 치료 효과가 매우 좋다고 하시는데 저는 아직도 가슴 및 어깨에 열감이 오르면서 이마에 땀이 많이 나는 다한증 증상이 계속

되고 있다고 말씀드리니 해열제와 위장약 1개월분을 추가 처방해 주시면서 6개월 후에 보자고 하시며 2016년 6월 3일 오전 10시 40분으로 진료일자를 예약해 주셨습니다.

(12월 4일 바로 다음날 복용 중이던 운지버섯 추출물인 PSP-50을 경제적인 문제로 중단하고 (3개월 복용), 건강보조식품인 프로폴리스만 복용하다가 2015년 3월 1일부터 혹시나 재발이 되면 어쩌나 하고 심적인 동요로 말미암아 PSP-50을 다시 복용하기 시작했습니다.

2015. 3. 5.
(수술 〈20개월〉 방사선치료 〈10개월 14일〉)
신촌 세브란스병원 방사선종양학과 조재호 교수 4번째 진료

2일 전인, 2015년 3월 3일 오후 4시 강남이 아닌 신촌 세브란스 연세 암병원 채혈실에서 피검사.

2시간 정도 암 정보센터에서 커피를 마시면서 시간을 보내다가 의무기록 사본을 발급받아 피 검사 결과 확인 : PSA 수치 0.01

2015년 3월 5일 오후 2시 신촌 세브란스 암 병원 진료실에 들어서면서 제가 먼저 "강남 세브란스 병원에서 신촌 본원에 오신 것을 축하드립니다."하고 인사를 드리니, 교수님 친절하게 "예, 반갑습니다." 하시고 교수님과 저, 다른 환자들의 상태 등을 물으시며 이런 저런 덕담을 나눴습니다.

피검사는 마음이 다급하여 그제 미리 검사하여 PSA 수치가 〈0.01 이라는 것을 이미 알고 안심을 하고 있었다고 하니, 이제는 걱정할 필요 없지만, 아직 방사선치료한 지 1년이 안 되었으니 4개월 후 2015년 7월 23일 오후 2시에 다음 진료 일정으로 예약을 하자고 말씀하셔서, 진료실을 나오며 "교수님께 치료받은 것은 큰 행운이었습니다, 정말 고맙습니다."고 인사를 하였습니다.

2015. 6. 3.
(수술 〈23개월〉 방사선치료 〈13개월 14일〉)
신촌 세브란스병원 비뇨의학과 최영득 교수 8번째 외래 진료

2일 전인, 15년 6월 1일 오전 11시 30분 채혈실에서 피검사 하고, 지난번 검사 때처럼 미리 의무 기록사본 발급받아 확인 : PSA 수치 〈0.01
2015년 6월 3일 오전 10시 40분경 순서에 따라 진료실에 들어서니 전번 진료 날과 다름없이 반갑게 "어떻게 지내셨어요?" 하고 반갑게 맞아주셔서 "예! 교수님 덕분으로 잘 지내고 있습니다." 하고 대답하였습니다. 영상을 보면서 "오늘 수치도 0으로 아주 좋습니다. 별다른 사항이 없으면 이번에는 살라겐 정과 타이레놀 서방 정을 제외하고 다른 약만 처방하니 그 전처럼 복용하고 6개월 후 2015년 11월 18일 그때 보자"고 하십니다.

그리하여 "예!" 하고 인사를 하면서 "제 아들의 방광암 의심으로 심한 충격을 받았으나 교수님께서 정밀 검사를 해주신 후 이상이 없다고 판단해 주셔서 하늘을 날아갈 것 같은 행복감을 잊어버릴 수 없었습니다.

정말 교수님께 어떻게 감사를 드려야 할지 몸 둘 바를 모르겠습니다, 정말 감사드립니다! 이 은혜 절대 잊지 않겠습니다!" 라고 인사를 드린 후 진료실 밖으로 나와서 바로 예약을 끝내고 집으로 향하였습니다.

[그 후 15년 6월 30일. 그간의 좋은 치료 경과 및 비용 등을 고려해서 운지버섯 PSP-50 하루 9알을 복용하던 것을 하루, 아침, 저녁으로 2알씩 4알만 복용하고 C 교수실 K간호사와 전화 상담하여 폐렴 예방주사를 7월 8일 오후 3시에 동대문 보건소에서 맞았습니다.]

2015. 7. 23.
(수술 〈24개월 20일〉 방사선치료 〈15개월〉)
신촌 세브란스병원 방사선종양학과 조재호 교수 5번째 진료

하루 전 7월 22일 오전 11시 50분 채혈실에서 피검사 후 암 병원 6층에서 점심 식사 후 정보센터에서 커피를 마시며 휴식하다가 2시간 후 의무기록 확인 : PSA 〈 0.01

2015년 7월 23일 오후 2시 20분경 교수님 진료 : 역시 0.01 이하로 수치가 좋으니 6개월 후에 피검사 후 진료하자고 하셔서 비뇨의학과 최영득교수님 진료와 3개월 차이를 두고 진료를 하면 검사가 3개월의 간격이 되어 좋을 것으로 예상되니 7개월 후 진료 일정을 해 주십사고 부탁하여 2016년 2월 18일 오후 2시로 진료 예약을 함. (그 후 암 건강보조식품으로 여러 환우님이 추천하여 10월 18일부터 프로폴리스 및 미역 귀환 복용)

2015. 11. 20.
(수술 〈28개월 15일〉 방사선치료 〈19개월〉)
신촌 세브란스병원 비뇨의학과 최영득 교수 9번째 외래 진료

진료 4일 전, 11월 16일 진료 동행이 있어 신촌 세브란스병원에 갔던 길에 11월 20일 진료 대비 사전에 채혈실에서 피검사를 함.

2시간 후 오늘 역시 초조한 마음으로 의무 기록지를 받아 PSA 수치를 확인하는 순간 PSA 〈0〉, 아! 안도의 한숨이~~!!!

2015년 11월 20일 오전 10시 40분 신촌 세브란스병원 본관 6층 비뇨기과 진료실에 들어서니 최교수님 "그동안 어떠셨어요?" "예, 컨디션이 좋습니다만, 메모지를 보면서(늘 물어볼 것을 메모해 가는 버릇으로) 열감이 가슴으로 오르면서 땀이 나는 증상이 지금도 있으며 요실금 및 절박요 현상도 있고, 수술 봉합 부위가 통증이 있을 때가 가끔 있고 발등이 시리고 저리는 증상 탓인지 숙면도 불안정하고 위장약을 3개월간 중단해서 그런지 약간의 속 쓰림 증상 등, 불편 한 점도 있다고 말씀드리니~

교수님은 발이 시린 증상은 수술과는 큰 연관이 없지만 아마 혈액이 원활하게 순환되지 못한 탓 아닌가 생각된다고 말씀하시면서 병기가 깊었으나 치료 효과가 너무 좋게 나타나고 있으니 걱정하지 말고, 숙면을 도와주는 신경안정제를 처방하여 줄 테니 필요하면 복용하고 6개월 후에 다시 보자고 하시면서 협회 및 카페 모임이 활성화되기를 기대한다는 덕담과 함께 진료실을 나와 간호사와 2016년 5월 27일 09시 30분에 다음 진료를 예약하고 귀가하였습니다.

2016. 2. 18.
(수술 〈31개월〉 방사선치료 〈22개월〉)
신촌 세브란스병원 방사선종양학과 조재호 교수 6번째 진료

2016년 2월 18일 오후 3시 조교수님 진료 오늘도 0으로 수치가 좋다고 하시면서 6개월 후 8월 18일 4시 30분 진료 보시자고 함

노파심에 다른 환자들을 보니 6~7년 만에도 수치 상승이 있는 경우가 있다고 말씀드리면서 아직도 다한증이 있으니 호르몬 효과가 아닌지 겁이 난다고 하니 웃으시면서 친절하게 걱정 뚝 붙들어 매라고 하시는 말씀에, 저에게는 정말 힘이 솟구치고 살 맛 나는 덕담 아직도 귓가에 맴돕니다.

[그 후 다른 환자들의 경험담에서 대상포진이 무섭다는 정보를 입수하고, 16년 2월 29일 오전 10시에 서울시 동대문구 용두동 한국건강검진센터에서 아내와 함께 32만 원이란 거금을 들여 대상포진 예방접종을 하였습니다.]

2016. 5. 27.
(수술 〈34개월〉 방사선 치료 〈25개월〉)
신촌 세브란스병원 비뇨의학과 최영득 교수 10번째 외래 진료

진료 2주 전 16년 5월 10일 08시 마음도 조급하고 다른 여행 일정으로(4시간 금식), 피검사 시행 후 동료환자 진료 동행이 있어 3~4시간이

지나 의무 기록지 확인 : PSA 수치 역시 〈 0.01

2016년 5월 27일 09시 30분 다음 카페 전립선암 환우 사랑방지기 C님과 진료 일정이 같은 날 같은 시간에 잡혀있어 함께 진료실에 들어가니 웃으시면서 반갑게 "어떻게 지내셨어요?" 하시는데, "예! 저와 C지기님과 동시에 교수님 덕분으로 너무 잘 지내고 있습니다." 하니 먼저 "최xx님 수치 0으로 아주 좋아요, 다음 6개월 후에 봅시다. 다음 채희관님도 역시 0이네요, 6개월 후 (11월 18일 9시 30분 진료 예약) 봅시다." 하는 것이었습니다.

C지기님은 "교수님 우리 카페에 악성 환우들이 너무 많습니다. 이런 경우 어떻게 대처해야 하나요?" 하고 저는 무슨 뜻인지 잘 모르지만, 의학적 용어로 악성 전립선암 치료 방법 등에 대하여 교수님과 잠시 대화를 나누는 것을 듣고 진료실을 나왔습니다.

2016. 8. 18.
(수술 〈37개월〉 방사선치료 〈28개월〉)
신촌 세브란스병원 방사선 종양학과 조재호 교수 7번째 진료

진료 2일 전 2016년 8월 16일 사전에 피검사 시행 : PSA 수치 〈 0.01

2016년 8월 18일 오후 4시 30분 오늘따라 진료 전에 동료 환우들을

많이 뵙고 그간 투병생활 등 여러 가지 담소를 나누는 중에 제 이름이
호명되어 진료실에 들어서니 교수님 반갑게 맞이해 주시면서, "오늘도
역시 PSA 수치가 0으로 이제는 걱정하지 않아도 된다"고 말씀하시는
데 "교수님 고맙습니다." 하면서 아직도 발등이 시리고 저리며 화끈거
리는 증상으로 매일 걷기 운동은 물론 족욕과 반신욕을 실천하고 있으
나, 호전되지 않아 불편한 점이 많다고 엄살을 부리는 등 넋두리를 하
고 진료실 밖으로 나와 2017년 2월 28일 진료 예약. 참으로 사람 마음
이 갈대와 같이 간사하네요. 매일 죽음의 두려움에 떨어야 했던 생각은
기억에도 없고 이제는 삶의 질에 집착하다니 허허허~~

2016. 11. 18.
(수술 〈40개월〉 방사선치료 〈31개월〉)
신촌 세브란스병원 비뇨의학과 최영득 교수 11번째 외래 진료

진료 3일 전 11월 15일 사전 피검사 PSA 수치 〈 0.01
2016년 11월 18일 오전 09시 40분 순서에 의거 진료실에 들어가
니 환한 웃음으로 반갑게 맞이하면서 그동안 어떻게 지내셨습니까?
해서 "교수님 덕분으로 늘 즐겁고 만족한 생활을 하고 있습니다만,
성 기능 저하로 조금 그리고 지난번 처방해 주신 발기부전 치료제는
전혀 반응이 없다"고 말씀드리니, 지난번에 처방한 약은 혈액순환제
로 매일 1알 복용하고 웃으시면서 꼭 발기를 원할 시는 4알을 복용

해야 한다고~~!!!

다음 6개월 후에 다시 뵙자는 말씀을 듣고 진료실을 나왔습니다.

늘 제가 동료 환자들의 진료 동행을 하고 지냈으나 오늘은 삼화 상사 님이 저를 위하여 진료 동행을 해주시고 오찬까지 이래저래 고마운 일이, 저는 정말 복 받은 사람입니다. 정말 살맛나는 세상을 만났습니다.

(2017년도 5월 10일 09시 진료 예약)

2017. 2. 28.
(수술 〈43개월〉 방사선치료 〈34개월〉)
신촌 세브란스병원 방사선 종양학과 조재호 교수 8번째 외래 진료

진료 10일 전 2월 17일 장기 여행 일정으로 사전 피검사 실시:
PSA 수치 〈 0.01 학인

2018년 2월 28일 오전 10시 20분경 진료 : 야간 소변이 두세 번 봄으로서 밤잠을 설칠 때가 많다고 하니 야간요에 대한 약 1개월 치 처방.
2017년 8월 22일 진료 예약

2017. 5. 10.
(수술 〈46개월〉 방사선치료 〈37개월〉)

신촌 세브란스병원 비뇨의학과 최영득 교수 12번째 외래 진료

진료 2일 전, 5월 8일 08시에 동료 환우의 진료 동행 갔다가 함께 피검사 실시, 9시 30분경 결과지 확인 PSA 수치 : 0.02

0.02라는 숫자를 결과지에서 확인하는 순간 숨이 멈추어 버린 듯 또다시 재발하는 것 아닌가 하는 불안감이 온통 제 머릿속에서, 별의별 상상을 하면서 함께한 동료 환우에게도 알리지 않은 채 혼자 전전긍긍하며 혹시나 4월 중순 왼쪽 눈 수술과도 연관이 있는지 아니면 요즘 팬티에서 히스무리하게 보이는 것이 혹시 염증 흔적 때문이 아닌지 또는 성적 충동으로 자위행위 때문이 아닐까 등 상상을 하면서 이틀 후 C교수님 진료 시 상세히 여쭈어보겠다고 생각하면서 초조하게 시간을 보냈습니다.

2017년 5월 10일 9시 이미 피검사를 하였기에 천천히 병원에 가도 되는데도 불구하고, 불안과 초조한 마음이 앞서 1시간 전인 오전 8시에 병원 비뇨기과 진료실 앞에 도착하여 위에 좋지 않다는 아메리카노를 2잔이나 비운 채 진료 시간을 기다리다가 드디어 최교수님을 만나 뵈니 역시 지난번처럼 반가운 표정으로 어떻게 지내셨어요? 하시는데, 울컥하여 "그제 검사 결과가 0.01 이하에서 0.02로 올라 불안합니다. 왼쪽 눈이 안 좋아 예전에 한번, 4월 중순쯤 한번 총 2번 대수술을 한 사실과 연관이 되는지 팬티에 히스무리하게 염증 증상이 매일 보이고, 요즘 성적 충동이 가끔 일어난다."고 말씀드리니, 교수님은 "수술과 방사선치료 후에는 대부분 염증 증상이 있으며 성적 충동 현상에 대하여는 좋은 징조이고 제가 적절한 치료를 해 드릴 테니 걱정하지 말라"고 하면서 요도염 치료 및 면역강화제인 유로 박 솜과 항생제, 수면제 그리고 위장약을 처방해 주셨습니다.

[그리고 그간 별 효과가 없었다고 스스로 판단하여 복용을 중단하였던 운지버섯 추출물인 PSP-50을 심적 안정을 위한다는 명분으로 3개월 치를 다시 구매 복용하기 시작하였음]

* 그 후 염증을 위한 항생제를 복용하면서 수치 변동 여부에 대한 조바심에 견딜 수가 없어서 방사선 종양학과 조교수 진료 예약이 8월 22일이라, 그사이 피검사 결과를 보고 싶어 진료 일정을 앞당겨서 6월 15일에 피검사 하고 진료를 받을 수 있도록 하였습니다.

2017. 6. 15.
(수술 〈47개월〉 방사선치료 〈38개월〉)
신촌 세브란스병원 방사선종양학과 조재호 교수 9번째 외래진료
(피검사 결과를 알아보기 위한 임시진료)

진료 하루 전 2017년 6월 14일 오전 10시에 채혈실에서 피검사, 2층 식당과 정보센터를 오가며 커피를 마시고 연세대학교 교정을 산책하며 불안과 초조한 마음을 달래고, 의무 기록지를 받아PSA 수치를 확인하면서 〈 표시가 보이는 순간 아~하고 마음의 안도를~~

당연히 〈 표시가 0.01 이하임을 확인, 왜 이렇게 전립선암 환자들은 PSA 수치에 연연하면서 울고 웃어야 할까요? 참 기가 막힐 노릇입니다.

늘 진료 전 검사 결과 확인 시 초조한 마음은 어쩔 수 없습니다.

17년 6월 15일 진료 조재호교수님은 "지난번에도 걱정하지 말라고 하였는데 너무 민감한 것 같습니다. 수치 오른 것은 염증이나 성 행위로 인한 일시적인 현상일 수 있으니 앞으로는 너무 염려하지 않으셔도 됩니다." 하고 강조해서 하는 말씀에 기분이 좋을 수밖에 없었습니다.

그 후 건강에 더욱더 신경을 써야겠다고 생각하면서, 동네병원에서 7월 20일 건강검진 후 당뇨 관리(당분 섭취량 줄임), 위염 및 식도염 관리(자극적인 음식 줄이기), 운동(매일 만보 이상을 걷도록 노력)함

2017. 8. 22.
(수술 〈49개월〉 방사선치료 〈39개월〉)

신촌 세브란스병원 방사선종양학과 조재호 교수 10번째 외래 진료

진료 일주일 전 17년 8월 16일 새벽부터 심적 불안으로 검사 전까지 생수 4L를 먹고 자주 소변을 보면서 10시 30분 피 검사, 오후 1시경 검사 기록지 발급 확인 : PSA < 0.01

17년 8월 22일 마음 편하게 진료실에 들어서니 교수님은 역시 'PSA 수치가 0 이하입니다' 하시면서 다른 환자들에 대한 치료방안에 대한 덕담을 나누고 2018년 2월 9일 다음 진료 예약함

2017. 11. 17.
(수술 ⟨52개월⟩ 방사선치료 ⟨42개월⟩)
신촌 세브란스병원 비뇨의학과 최영득 교수 13번째 외래 진료

11월 중 여행 일정 등 개인 사정으로 2주 전 10월 3일 신촌 세브란스병원 채혈실에서 피검사, PSA 실시 : < 0.01

17년 11월 17일 PSA 수치 0으로 카페지기와 동행 전립선암 치료 전반에 대한 의견 전달 및 질의 응답 그리고 덕담, 6개월 후 진료 예약 (18년 5월 11일)

2018. 2. 9.

(수술 〈55개월〉 방사선치료 〈45개월〉)

신촌 세브란스병원 방사선종양학과 조재호 교수 11번째 외래 진료

진료 2일 전 진료 동행으로 신촌 세브란스 암 병원을 들렀다가 채혈실에서 피검사 실시, 2시간 후 결과 확인 PSA 수치 : 〈 0.01

18년 2월 9일 오전 10시경 방사선 종양학과 조재호교수 진료
방사선 효과가 완전히 나타났다고 함

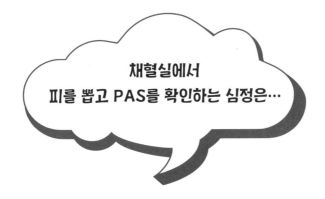

2018. 5. 11.

(수술 〈58개월〉 방사선치료 〈48개월〉)

신촌 세브란스병원 비뇨의학과 최영득 교수 14번째 외래 진료

진료 1주일 전 18년 5월 4일 사전 홍익대 주변에서 친구들과 Meeting 후에 신촌 세브란스병원에 들러 채혈실에서 피검사 실시 결과 확인 : ⟨ 0.01

18년 5월 11일 09시경 신촌 세브란스병원 본관 6층 비뇨의학과 진료, 발이 시리고 저림이 심하다고 하니 기넥신 등 혈액순환 약제 등을 처방하고 2018년 5월 15일 자 중증 질환자 5년 연장을 조치해 주시고, 6개월 후 2018년 11월 2일로 진료 예약

2018. 8. 24.
(수술 ⟨61개월⟩ 방사선치료 ⟨52개월⟩)
신촌 세브란스병원 방사선종양학과 조재호 교수 12번째 외래 진료
(진료 10일 전) 8월 13일

여름휴가로 인하여 일찍 신촌 세브란스 암 병원에 들러 채혈 실에서 피검사 2시간 후 검사 결과 확인 PSA 수치 : ⟨ 0.01

2018년 8월 24일 09시 40분경 조 교수님 진료 하시면서 예후가 아주 좋다고 하시면서 다른 환우 진료 봉사에 대한 칭찬과 덕담으로 진료 마무리 (다음 진료 : 2019년 2월 22일)

2018. 11. 2.

(수술 〈64개월〉 방사선치료〈55개월〉)

신촌 세브란스병원 비뇨의학과 최영득 교수 15번째 외래 진료

진료 3일 전 10월 29일 사전에 피검사 :

4시간 후 검사 결과 확인 PSA 수치 : 〈 0.01

2018년 11월 2일 09시 C교수님 모든 혈액검사 모두 정상이고 치료 경
과가 좋다고 말씀하시고 다음 진료 예약 (2019년 4월 26일)

2019. 2. 22.

(수술 〈67개월〉 방사선치료 〈58개월〉)

신촌 세브란스병원 방사선종양학과 조재호 교수 13번째 외래 진료

2월 22일 오전 8시 채혈하고 10시 진료, PSA 수치 변동 없이 0.01 이
하. 경과가 좋다고 하시고 다음 진료 예약(19년 8월 23일 11시)

2019. 5. 31.

(수술 〈70개월〉 방사선치료 〈61개월〉)

신촌 세브란스병원 비뇨의학과 최영득 교수 16번째 외래 진료

당초 19년 4월 26일 진료 예약이 되어 있었으나 4~5월 40일간의 제주 여행 일정으로 진료일을 5월 31로 변경, 진료 3일 전 5월 28일 피검사 실시 : PSA 수치 : 〈 0.01

2019년 5월 31일 09시 최영득교수님 진료 경과가 좋다고 말씀하시고 다음 진료 예약 (2019년 10월 25일 08시 40분)

2019. 8. 23.
수술 〈73개월〉 방사선치료 〈64개월〉)
신촌 세브란스병원 방사선종양학과 조재호 교수 14번째 외래 진료

하루 전 8월 22일 오후 2시 동료 환우 진료 동행 중 피검사 실시
오후 4시경 PSA 수치 결과 확인 : 〈 0.01

8월 23일 11시 20분경 마지막 진료 환자 바로 앞에서 "진료 1개월 전 소변에서 핏덩어리와 함께 피가 소주 반 잔 정도 나왔고, 보름 전만 해도 패드를 차야 하나 고민 중이었으나 지금은 요실금 팬티로도 감당이 되어서 기분이 좋다"고 하였습니다. 제 말이 끝나기 무섭게 교수님께서 "방사선 한 지 오래되어 아마 요실금은 더 좋아질 것이 예상되고 치료 경과가 좋으니 다음 진료는 6개월에서 1년 후인 2020년 8월 21일로 하자" 고 말하여 두서너 번 고맙다는 인사를 드리고

진료실을 나왔습니다.

"6개월에서 1년으로 진료기간 조정, 정말 속으로 쾌거를 불렀습니다."

2019. 10. 26.
(수술 〈76개월〉 방사선치료 〈67개월〉)
신촌 세브란스병원 비뇨의학과 최영득 교수 17번째 외래 진료

3일전 10월 23일 마음이 불안하여 일찍 동네 뒷산 산책을 하다가 신촌 세브란스병원으로 직행 오전 8시경 암 병원 2층 채혈 실에서 피검사 실시, 2층 정보센터에서 커피 한 잔하면서 전문 서적을 탐독하다가 10시경 검사 기록지 확인 : PSA 수치 〈0.01
초조하고 불안한 마음이 한순간에~~휴~~하는 안도의 한숨!!!!~

2019년 10월 26일 09시경 진료실에 들어가니 최영득교수님 역시 결과가 0이네요 하시면서 다음 진료는 1년 후로 하자고 하시는데 제가 3개월 전 소변에서 피가 덩어리와 함께 소주 반잔 정도 나와서 아스피린 복용을 잠시 중단하였더니 요즘은 대변시 힘을 줄때만 약간의 피가 보인다고 말씀드렸더니, 염증 탓으로 계속되면 항생제 처방을 해드릴 테니 전혀 걱정하지 말고 평상시 물을 많이 마시고 오줌통이 가득하다고 느낄 때 소변을 보도록 하세요, 하시면서 친절하게

말해 주셔서 저는 마음의 안정을 찾으면서 정말 정말 고맙다고 하고
인사를 드리면서 교수님 자주 뵐 수 있도록 6개월 간격으로 진료 일
정을 잡아 주시면 안 될까요? 하고 부탁을 하였습니다.

　교수님! 그러면 6개월 후 2020년 4월 17일 경으로 예약을 해 주시
는데 정말 저는 마음속으로 하늘이 나를 이렇게 보살펴 주시는구나
하고 감탄하지 않을 수 없었습니다.

3. 2020년 (초판발행) 이후 진료기록

암흑 같은 세월에 몸을 싣고

2020. 4. 17.
(수술 〈82개월〉 방사선치료 〈73개월〉
신촌 세브란스병원 비뇨의학과 최영득 교수 18번째 외래 진료

1일전 4월 16일 신촌 세브란스병원 본원 채혈실에서 피검사 후 구내식당에서 커피 한 잔 하고 1시간 30분 후 검사 기록 확인 결과 〈0.01
4월 16일 진료실에 최 카페지기님과 함께 진료실에 들어가니 최영득교수님 두 분 다 수치가 좋다고 하면서 절대 안심하라고 말하시고, 최 환우님의 전이성 환자들의 치료방향에 대한 질문을 상세히 답변해 주시면서 6개월 후 11월 23일 경으로 예약을 해 주셔서 고맙습니다. 하고 인사를 드리고 진료실을 나왔습니다.

2020. 8. 28.
(수술 〈86개월〉 방사선치료 〈77개월〉)
신촌 세브란스병원 방사선종양학과 조재호 교수 15번째 외래 진료
바로 전날 아침 11시, 신촌 세브란스 암 병원 2층 채혈실에서 피검사 후 연세대학교 교정을 산책하면서 셀카 놀이를^^ 2시간 후 암 병원 3층에서 의무 기록 증명서를 발급받으니 역시 PSA 수치가 〈 0.01

8월 28일 암 병원 방사선종양학과 진료실에 들어가니 조재호 교수님이 "정말 이제는 전혀 걱정하지 않으셔도 됩니다." 면서 진료는 1년 후 2021년 8월 23일 예약을 해 주시어서 "교수님 감사합니다. 고맙습니다." 하고 진료실을 나왔습니다.

2020. 11. 23.
(수술 〈89개월〉 방사선치료 〈80개월〉)
신촌 세브란스병원 비뇨의학과 최영득 교수 19번째 외래 진료

11월 23일 낮 12시 20분 피검사 후 2시 30분 비뇨의학과 진료실에 들어가니 최영득 교수님 잘 지내셨습니까? 암협회는 잘 되고요 하고 안부 인사를~ "예, 저는 교수님 덕분에 늘 보람과 즐거움으로 잘 지내고 있습니다." 라고 대답을 하는 순간 PSA 수치도 그대로 너무 좋습니다, 하시면서 다음 예약을 6개월 후로 21년 6월로 말씀하셔서 "네 고맙습니다" 하고 진료실을 나왔습니다.

2021. 6. 4.
(수술 〈95개월〉 방사선치료 〈86개월〉)
신촌 세브란스병원 비뇨의학과 최영득 교수 20번째 외래 진료

5월 31일 진료 4일전 오후에 신촌에서 모임이 있어 오전 11시경에 세브란스 암 병원 2층에 들려 미리 피검사를 한 후 연세대학교 교정을 한 바퀴 돌고 낮 12시 40분에 PSA 검사 결과를 확인 〈 0.01

마음 푹 놓고 기분 좋게 SH기업 L회장과 강동구 성내동 족발모임에 참석 즐거운 하루를 보냈습니다.

6월 4일 09시 40분경 신촌 세브란스병원 본관 5층 비뇨의학과 에 도착, 확인 절차를 끝내고 대기하다가 호명에 따라 오전 10시 50분 비뇨의학과 진료실에 들어가니 최영득 교수님 어떠셨어요? 하고 말하는데 정신없이 "요즘 요실금이 있고 발이 시리고 저려서 애를 먹고 있습니다." 하고 대답을 하니 교수님은 "수치가 좋으니 너무 걱정하지 말고 오메가3 약을 처방해 줄 테니 복용해 보세요." 하셔서 눈물이 "펑"~ "고맙습니다" 하고 진료실을 나왔습니다.

2021. 8. 24.
(수술 〈98개월〉 방사선치료 〈89개월〉)
신촌 세브란스병원 방사선종양학과 조재호 교수 16번째 외래 진료

8월 23일 오늘따라 지방에 있는 친구들과 개별 Meeting과 경동시장 식료품 구입 건이 있어서 오랜만에 집에서 점심을 하고 오후 3시경 전철을 이용 4시 10분 신촌 암 병원 2층 혈액검사실에 도착 피검사를 마치고 연세대학교 교정을 산책하다가 5시 30분 암 병원 4층에서 검사 결과지를 받아보니 오늘도 역시나 PSA 수치가 〈 0.01

마음속으로 미소를 지으며 병원 버스 및 전철을 이용 귀가.

8월 24일 09시 10분경 신촌 세브란스병원에 도착하여 오전 10시 방사선종양학과 진료실에 들어가면서 교수님 안녕하세요? 하고 인사를 드리니 조교수님! 잘 지내셨어요, 하시면서 오늘 역시 검사 결과 PSA 0.01 이하 정말 이제는 걱정 하지 않으셔도 됩니다, 라고 말씀 하시는데^^

저는 "화이자 백신을 접종하고 교통사고로 발을 다친 후 수면제를 복용한 탓인지 두통과 얼굴지린 현상, 그리고 발 저림, 시림 현상까지 요즈음 너무 힘들게 생활을 하고 있습니다."라고 말씀을 드리니 교수님! "그러세요, 그럼 혹시 두뇌 이상 현상일지 모르니 뇌 MRI 영상검사를 한번 해 보시죠." 해서 나도 모르게 눈물을 글썽이며 교수님 정말 고맙습니다. 하고 꾸벅 인사를 드리니 곧 바로 9월 13일 오후 7시 30분 뇌 MRI 영상검사, 결과에 대한 진료 일자를 9월 17일 09시 40분으로 정해 주셨습니다.

또한 J xx 환우님 진료 동행하면서 마포 농수산 도매센터로 이동 전어 회와 막걸리 한 잔 하고, 오후 1시 40분경 신촌 세브란스병원으로 다시 이동 L xx 협회 회장님 방사선 치료 동행 후 귀가 하였습니다.

2021. 9. 17.
*뇌 검사 결과에 대한 진료
신촌 세브란스병원 방사선종양학과 조재호 교수 17번째 외래 진료

9월 13일 오전 성심치과에서 치과 치료 후 친구들과 종로 인사동 옥정식당에서 Meeting 후 오후 3시 30분에는 협회 회장 진료동행 신촌 세브란스병원 방사선종양학과 조재호교수님을 함께 뵙고 앞으로 치료방향에 대한 좋은 말씀을 많이 듣고 회장님 자가용으로 협회 사무실로 이동 전립선암환우협회 운영에 대한 협의를 한 후 바로 전철을 이용 평생지기랑 함께 오후 7시경 신촌 세브란스병원 본관 4층에 도착

7시 30분 MRI 검사실에서 〈밖에서 초조하게 기다리고 있는 평생지기랑 오래 건강하게 살아보겠다는 마음가짐으로 힘들었지만〉 30분간이나 검사 기계통속에서 뇌 MRI 영상 촬영을 하였습니다.

허탈하다고 할까 불안한 마음을 숨기고 평생지기랑 신촌 복 식당에서 늦은 저녁을 먹으면서 정종 한 잔 하고 귀가하였습니다.

9월 17일 불안하였지만 오늘 협회회장 진료 동행으로 빨리 신촌 세브란스병원에 가보아야 한다고 평생지기에게 말하고 07시 10분경 집을 출발 전철을 이용하여 08시 19분 병원 본관에 도착하여 협회 Lxx 회장과 Meeting 09시 10분경 5층 비뇨의학과 최영득 교수님의 진료를 함께하고 바로 암 병원 방사선종양학과로 이동 9시 40분 조재호 교수님 진료실에 들어가니 교수님은 저를 보자마자 "MRI 영상 검사 결과 아무런 이상도 없습니다." 하고 말씀 하시는데 ^^

교수님 이 은혜 절대 잊지 않겠습니다, 하고 두 번이나 꾸벅 절을 올렸습니다. 이제 요실금 정도의 부작용은 이겨내면서 살아있음에 감사하기로 마음을 다잡았습니다.

그리고 바로 평생지기랑 통화, 너무 감격해서 그런지 울면서 전화를 받으시네요.~~!!!

2021. 12. 3.

(수술 〈101개월〉 방사선치료 〈92개월〉)

신촌 세브란스병원 비뇨의학과 최영득 교수 21번째 외래 진료

11월 29일 이른 아침 07시 15분 버스와 전철을 이용 08시

신촌 세브란스병원 암 병원 2층 검사실에 도착 08시 10분경 피를 뽑아 검사를 마친 후 2층 구내식당에서 커피 한 잔 하면서 시간을 보내다가 그래도 검사결과가 나올 시간이 많이 남아 지루해서 연세대학교 교정을 한 바퀴 산책 후 09시 45분에 암 병원 4층으로 돌아와 검사결과지를 받아보니 일반 화학 및 일반 혈액검사는 모든 것이 정상이었으나, 황당하게도 전혀 예상하지도 못한 PSA 수치가 0.02, 완치되었다고 생각한 저의 머릿속을 너무 혼란스럽게^^

비뇨의학과 최영득 교수님 진료일이 4일 후에 예약되어 있으니, 초조하고 불안한 마음을 감출 길이 없어 이런 저런 상상을 해보면서 모든 약속을 취소하고 바로 집으로 돌아왔습니다.

12월 3일, 아침도 거르고 일찍 집을 나서서 8시 40분 신촌 세브란스병원 4층 비뇨기과 간호실에 도착 접수를 마치고 비뇨의학과 진료실 앞에 기다리고 있는데, "채희관 씨 들어오세요."하고 간호사가 호명합니다. 나도 모르게 큰 소리로 "예" 대답하고 진료실에 들어가니 최교수님 요즈음 어떻게 지내셨어요? 라고 친절하게 말씀 하시는데^^

저 피검사 결과 PSA 0.02가 나왔네요. 이제 다시 재발 아니면 전이가 된 것 아닌가 하고 너무 겁이 나서 그저께부터 정신 줄을 빼고 지냈습니다, 하고 대답을 하니 교수님 네 그러네요, 수치가 조금 올랐네요, 하지만 절대 걱정하지 마세요, 하시면서~~!!!

"혹시 인삼 홍삼 개고기 등을 드시고 계시나요?" 하시기에 요즈음 몸이 너무 안 좋은 것 같아서 비싼 한약(녹용) 한재 먹었다고 하니 "인삼, 녹용이 남성 호르몬 증강제로 사람마다 다르지만 PSA수치 상승에 조금 영향이 있을 수도 있었습니다만 아마 염증 영향인 것 같습니다. 절대 안심하셔도 됩니다."면서 '급박 요 및 요실금'도 있다고 하니 심리적인 불안감을 감안해 베타미가 서방정과 피나스타 정을 추가 처방하여 주는데 너무 감격한 바람에 90도로 절을 두 번이나 하면서 "고맙습니다" 하고 진료실을 나왔습니다.

진료실을 나와 불안한 나머지 빠른 시간 내 수치 변동을 알고 싶어서 방사선종양학과 J교수님 진료일정을 12월 21일로 앞당겨 예약을 하였습니다.

2021. 12. 21.
(수술 〈102개월〉 방사선치료 〈93개월〉)
신촌 세브란스병원 방사선종양학과 조재호 교수 18번째 외래 진료

12월 20일 오랜만에 오전 스크린골프를 하고 지인들과 점심을 함께 하였지만 수치 상승에 따른 조바심으로 마음이 급해서 낮 12시 40분경 다른 약속이 있다는 핑계로 지인들과 헤어져 바로 5호선 전철을 타고 오후 13시 45분경에 신촌 세브란스 암 병원 2층에 도착, 피를 뽑아 검사를 한 후 당일 결과를 알아보기 위하여 1시간 30분 이상을 기다려야 하므로 지하 1층에서 설탕을 뒤범벅 한 아메리카 커피 한 잔을 마시고 지난번처럼 연세대학교 교정을 한 바퀴 산책한 후 암 병원 4층에서 검사 결과를 확인 ~~휴~~휴 PSA 수치 〈 0.01

교수님 말씀대로 일시적인 염증으로 인한 수치 상승으로~~
마음속으로 쾌재를 부르며 바로 옆 지기에게 전화를 하였습니다.

12월 21일 오전 10시 20분경 K환우 방사선종양학과 진료 동행이 있어 일찍 신촌 세브란스 암 병원 1층에 도착하여 k환우에 대한 사전 검사 등 안내를 하고 10시 30분경 진료실에 들어서니 조재호 교수님께서 "이미 알고 계시지요. 염증 관련 일시적 수치 상승이니 앞으로는 절대, 절대 걱정하지 말라"고 하시는 말씀에~~!!!

저는 "그렇게 예상은 하였지만 그래도 그 동안 피가 마르게 마음의 고생이 너무 심했습니다. 교수님 정말, 정말, 고맙습니다." 며 거듭 감사인사를 하고 진료실을 나왔습니다.

2022. 6. 3.
(수술 〈107개월〉 방사선치료 〈98개월〉)
신촌 세브란스병원 비뇨의학과 최영득 교수 22번째 외래 진료

6월 2일 내일 아침 일찍 09시 최교수님 진료에 대비 오늘 PSA 검사를 위하여 종로 인사동에서 지인이랑 만나 갈비탕 한 그릇 하고 낮 12시 40분경 신촌 세브란스 암 병원 2층에 들려 피검사를 하고 당일 결과를 알기 위하여 연세대학교 교정에서 셀카 놀이를 하면서 두 바퀴 돌고 오후 2시에 암 병원 4층에서 검사 결과지를 확인, PSA 수치 〈 0.01 오늘도 기분이 너무 좋아 막걸리 한 잔 하고 귀가하였습니다.

6월 3일 고구마와 블루벨리로 아침을 때우고 버스와 전철을 이용 오전 8시 30분에 세브란스병원 본관 5층 비뇨의학과 자동 접수대에서 도착 확인을 하고 진료실 앞에서 기다리다가 09시 10분 차례가 돌아와 진료실에 들어가니 최교수님! 잘 지내셨어요? 해서 교수님 덕분에 즐겁게 생활하고 있습니다. 하였더니 역시나 "오늘도 수치가 0입니다" 하면서 교수님 또 다시 협회는요? 하고 다시 말해 "코로나 때문으로 진료 동행이 조금 힘들지만 교수님께서 늘 환우들의 치료에 도움이 될 수 있도록 좋은 지침을 주시고 youtube 강좌를 통하여 전국 적으로 전립선암환우들에게 많은 도움을 주고 있습니다. 정말 교수님 고맙습니다." 면서 인사를 거듭하고 진료실을 나왔습니다.

2022. 12. 2.
(수술 〈113개월〉 방사선치료 〈104개월〉)
신촌 세브란스병원 비뇨의학과 최영득 교수 23번째 외래 진료

12월 1일 별 모임이나 개별적인 약속도 없고 해서 오전 10시 30분 세브란스 암 병원 2층에 도착 피검사를 마치고 2층 구내식당에서 커 피를 한 잔 마시면서 1시간 30분이면 알 수 있는 검사결과를 기다리다가 그래도 지루해 본관 2층 의료기구 판매점에 들려 요실금 패드를 2박스 구입 후 바로 옆 의무기록 발급부서에서 피검사 결과지를 받아보니 마음은 조금 조마조마 했으나 역시 PSA 수치가 〈 0.01~~ 휴! 휴!!

12월 2일 오늘 오후에는 친지아들 결혼식도 있고 해서 조금 빨리 진료를 받고 싶어서 아침 일찍 서둘러 아침 8시 30분에 신촌 세브란스병원 본관 5층 비뇨의학과에서 접수를 마치고, 최영득교수님 진료실 앞에서 기다리다가 9시 10분경 진료실에 들어서니 역시나 교수님 어떻게 지내셨나요? 오늘도 수치가 그대로 0입니다 하고 말씀을 하는 순간 저는 "요즈음 교수님 덕분에 살판이 났습니다. 교수님께 치료를 받은 덕이 아닌가 싶네요." 라며 큰 소리로 대답을 하니 교수님께서 앞으로도 계속 같은 약을 처방해 줄 테니 걱정은 하지마시고 늘 편안하게 지내시고, 다음 6개월 후에 봅시다. 해서 큰 소리로 예! 하고 꾸벅 인사를 하고 진료실을 나왔습니다.

2023. 2. 3.
(수술 〈115개월〉 방사선치료 〈106개월〉)
신촌 세브란스병원 방사선종양학과 조재호 교수님 19번째 왜래 진료

늘 진료 하루 전이나 이틀 전에 검사를 하였으나 전일 용산 정xx와의 오찬으로 진료일 오늘 아침 일찍(2월 3일 08시30분경) 신촌 세브란스 암 병원 2층 검사실에 도착 피를 뽑고 방사선종양학과 진료실 앞에서 TV를 보면서 기다리는 중 10시 10분경인가 차례가 돌아와 호명을 받고 조교수님 진료실에 들어가면서 교수님 안녕하세요? 하고 인사를 드리니 바로 "오늘도 수치가 좋습니다. 지난번에 말씀을 드렸습니다만 절대 걱정하지 마시고 1년 후에나 봅시다."해서 "덕분에 두통이나 허리 통증으로 마음고생이 심했던 것도 교수님이 MRI 영상검사를 통해 모두 다 해결 해 주셔서 정말 뭐라고 말씀을 드려야 될지 아무튼 정말 고맙습니다."면서 진료실을 나온 것이 아직도 제 머릿속을 감돌고 있습니다.

2023. 5. 19.
(수술 〈118개월〉 방사선치료 〈109개월〉)
신촌 세브란스병원 비뇨의학과 최영득 교수 23번째 외래 진료

이틀 전 17일 손녀랑 어린이대공원에서 점심도 같이하면서 재미나게 보낸 뒤 19일 정기 진료를 위한 검사를 위해 오후 4시경에 세브란스병원 검사실에 도착 피를 뽑고 검사 결과를 사전에 알고 싶어 커피한 잔 하면서 1시간 40분을 기다리다가 오후 17시 40분 의무 기록을 확인, 역시 PSA 수치 〈0.01 오늘 역시 기분 좋게 귀가.

5월 19일 오늘도 역시 오전 11시경 XX 치과 진료로 아침 일찍 출발 08시 30분경에 세브란스병원 본관 5층 비뇨의학과에서 도착 접수를 마치고 최영득 교수님 진료실 앞에서 숨을 죽이며 기다리다가 호출에 따라 진료실에 들어가자마자 교수님께서! 그동안 잘 지내셨어요? 전립선협회 일은요? 오늘도 수치가 0이네요 하고 말씀하셔서^^ 저는 교수님 덕분으로 마음 편히 즐겁게 지내면서 전립선암환우건강증진협회 일은 조금 바빠서 진료 상담은 전화로 자주 하고 있습니다만 진료 동행은 가끔 하고 있는 실정이고 요즘은 요실금이 조금 심해서 하루에 패드 한 개 정도를 쓰고 있습니다, 하고 말씀 드렸습니다.

교수님은 요실금에 따른 약을 추가로 처방해 주시면서 6개월 후에 봅시다, 해서 고맙습니다, 하고 인사를 드리고 진료실을 나왔습니다.

2023. 11. 10.
(수술 〈124개월〉 방사선치료 〈115개월〉)
신촌 세브란스병원 비뇨의학과 최영득 교수 23번째 외래 진료

11월 6일 오전 10시 혈액검사 후 연세대학교 교정 산책하고 오전 11시 40분 검사결과 확인 PSA 〈 0.01

결과지 확인 후 암 병원 4층 식당에서 방사선종양학과 조재호 교수님과 Meeting 후 함께 오찬, 제가 꼭 대접해야 하는데도 불구하고 조재호 교수님이 식대를 계산 황당하기 그지없었습니다.

교수님 혜량에 언제 은혜를 갚아야 할지 마음속으로 생각하면서 "교수님 고맙습니다, 꼭 다음 뵈올 때는 제가 대접하겠습니다." 고 인사하면서 병원을 나왔습니다.

11월 10일 오후 잠실 xxx안과 정기 진료를 감안, 아침 일찍 출발 08시 35분 신촌 세브란스병원 본관 5층 비뇨의학과에 도착하여 접수를 마치고 최교수님 진료실 앞에서 기다리다가 09시 05분 호출에 따라 진료실에 들어가니 교수님! "오랜만입니다. 어떻게 지내셨어요?" 하고 말씀하심에 저는 "교수님 덕분으로 너무 잘 지내고 있습니다."

고 대답하였습니다. 교수님께서 "이제는 중증질환자도 해제되고 수치도 너무 좋으니 혹시 이상이 있다고 생각되면 진료 예약을 하라"고 해서 저는 그래도 "6개월에 한번 수치 검사라도 해 주시면 안 되겠습니까?" 하고 건의를 드리니 "그러면 약 처방은 없이 6개월 후에 봅시다." 해서 고맙습니다, 하고 진료실을 나와 병원 구내식당에서 커피를 한 잔 하면서 제2의 삶을 알차고 보람되게 만들어 주신 최영득 교수님에게 어떻게 이 은혜를 갚을 수 있을까? 생각하다가 문득 제 머리를 스쳐 가는데, 아~~~!!! 앞으로 전립선암 환자들을 위하여 진료 동행, 상담 등 사회봉사활동을 지금 보다 더욱 더 열심히 하는 것이^^

늘 남성들의 자존심을 지킬 수 있도록 밤, 낮을 가릴 것 없이 병원에 상주하다시피 하는 최 교수님에게 정말 보답하는 길이 아니겠나? 마음속으로는 다짐하면서 병원을 나와 10시경 귀가하여 평생지기와 칼국수로 점심을 함께하고 오후 2시에는 잠실 새내기역 부근 소중한 안과에서 녹내장 예방을 위한 정기 진료를 다녀왔습니다.

147

전립선 특이항원(PSA)
수치 변동 일지

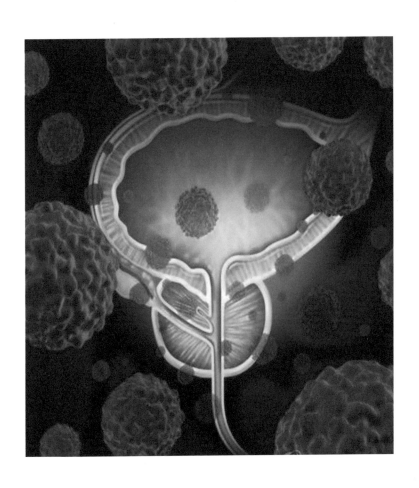

일 시	검사 기관	PSA수치	비 고
2007.12.28	면목 A신경외과	9.21	
2008. 1. 18	K대학교 병원	10.98	2008,2,11,8개소 조직검사:없음
2009. 2. 27		11.56	
2009. 6. 26		12.14	
2010. 3. 25	전농 B비뇨기과	11.28	
2010. 6. 18	동네 C 내과	9.43	
2010. 11. 17		11.83	
2011. 5. 25		11.71	
2012. 1. 26		12.33	
2012. 8. 29		12.4	
2013. 3. 13		16.69	2013.2.23 치질수술
2013. 4. 16		13.84	
2013. 5. 27	**S대학교병원**	20.8	**조직검사 (5개소 암 판정)**
2013. 7. 12	신촌 세브란스병원	1.79	수술 후 10일
2013. 7. 24		0.28	22일
2013. 8. 21		0.03	50일
2013. 10. 23		0.04	3개월 20일
2014. 2. 19		0.12	**호르몬처방(졸라덱스)** 수술 7.5개월

일 시	검사 기관	PSA수치	비 고
2014. 3. 10	강남 세브란스병원	0.09	호르몬처방 20일 수술 8개월
2014. 3. 27	선릉 x비뇨기과	〈0.04	호르몬처방 40일 수술 9개월
2014. 5. 19	강남 세브란스병원	〈0.01	방사선 24회 수술 10.5개월
2014. 6. 11	신촌 세브란스병원	〈0.01	호르몬 중단 수술 11개월
2014. 8. 18	강남 세브란스병원	〈0.01	수술 13.5개월
2014. 11. 17		〈0.01	16개월 18일
2014. 12. 3	신촌 세브란스병원	〈0.01	17개월
2015. 3. 5	– (방사선종양학과)	〈0.01	20개월
2015. 6. 3	– (비뇨의학과)	〈0.01	23개월
2015. 7. 23	– (방사선종양학과)	〈0.01	25개월
2015. 11. 20	– (비뇨의학과)	〈0.01	28개월
2016. 2. 18	– (방사선종양학과)	〈0.01	31개월
2016. 5. 27	– (비뇨의학과)	〈0.01	34개월
2016. 8. 18	– (방사선종양학과)	〈0.01	37개월
2016. 11. 18	– (비뇨의학과)	〈0.01	40개월
2017. 2. 28	– (방사선종양학과)	〈0.01	43개월
2017. 5. 10	– (비뇨의학과)	0.02	46개월 **(유로박솜 처방)**

일 시	검사 기관	PSA수치	비 고
2017. 6. 15	– (방사선종양학과)	⟨0.01	47개월
2017. 8. 22		⟨0.01	49개월
2017. 11. 17	– (비뇨의학과)	⟨0.01	52개월
2018. 2. 9	– (방사선종양학과)	⟨0.01	55개월
2018. 5. 11	– (비뇨의학과)	⟨0.01	58개월
2018. 8. 24	– (방사선종양학과)	⟨0.01	61개월
2018. 11. 2	– (비뇨의학과)	⟨0.01	64개월
2019. 2. 22	– (방사선종양학과)	⟨0.01	68개월
2019. 5. 31	– (비뇨의학과)	⟨0.01	71개월
2019. 8. 23	– (방사선종양학과)	⟨0.01	**74개월**
2019. 10. 26	– (비뇨의학과)	⟨0.01	76개월(3일 전 검사)
2020. 4. 17	– (방사선종양학과)	⟨0.01	82개월(1일 전 검사)
2020. 8. 28		⟨0.01	86개월(1일 전 검사)
2020. 11. 23	– (비뇨의학과)	⟨0.01	89개월
2021. 6. 4		⟨0.01	96개월(4일 전 검사)
2021. 8. 24	– (방사선종양학과)	⟨0.01	97개월 (어지러움으로 MRI 검사)
2021. 9. 17		**이상무**	9.13 뇌 MRI 검사 결과
2021. 12. 3	– (비뇨의학과)	0.02	(염증 관련 : 항생제 2주 처방)
2021. 12. 21	– (방사선종양학과)	⟨0.01	101개월(1일 전 검사)

일 시	검사 기관	PSA수치	비 고
2022. 6. 3	- (비뇨의학과)	〈0.01	107개월(1일 전 검사)
2022. 8. 5	- (방사선종양학과)	〈0.01	109개월(5일 전 검사)
2022. 12. 2	- (비뇨의학과)	〈0.01	113개월
2023. 2. 3	- (방사선종양학과)	〈0.01	115개월
2023. 5. 19	- (비뇨의학과)	〈0.01	118개월(2일 전 검사)
2023. 11. 10		〈0.01	124개월(10년 4개월) (4일 전 검사)
2024. 2. 1	- (방사선종양학과)	〈0.01	127개월(10년 7개월) (1일 전 검사)
2024. 5. 2	- (비뇨의학과)	0.01	130개월(10년 10개월) (1일 전 검사)

투병 생활을 하면서
나름대로 느낀 생각의 정리

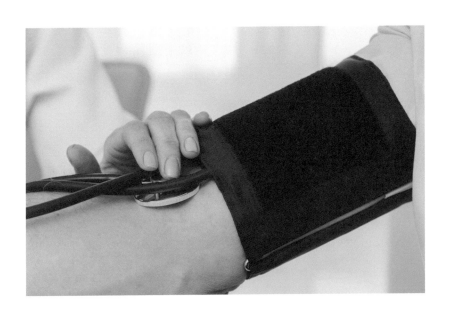

1.고난의 극복…망가진 자존심을 부추기면서

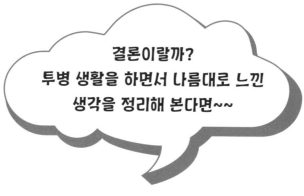

마음가짐
믿음과 강한 정신력이 곧 면역력 상승

*스트레스를 받지 말 것. 즉 어렵겠지만 욕심을 버리고 자기보다도 못한 사람이 더 많다는 것을 인식하며 내려 보며 생활하는 마음의 자세를 가져봅시다.

저는 동네 내과병원 전문의로부터 "제가 암 박사이니 걱정하지 말라"는 말만 믿고 6년간이나 방치하여 치료시기를 크게 실기하였으며 후에 전립선암 판정이 난 후에는 X동네 내과 전문의 왈 "저는 귀하께서 5년 전 종합병원에서 조직검사 결과 이상이 없다는 말만 믿고 정기적으로 PSA 검사만 시행해 주었다" 고 어처구니없는 변명을

늘어놓았습니다.

그래도 일말의 양심은 있었는지 신촌 세브란스병원에 아는 전문의
가 많으니 도움을 부탁해 보겠노라고 하였습니다~~ㅜㅜ

병을 키워 정낭 정관 신경침윤, 절단면 양성 판정 등 전립선암 3기
말이란 가혹한 상황에 부닥치도록 방치한 일을 생각하면 지금도 분
노와 울분이 가라앉지를 않고 있습니다.

당시 가까운 지인들은 이구동성으로 모두가 손해배상 등 청구 소
송을 빨리하라고 난리가 났습니다만. 저는 그런 마음의 여유도 없을
뿐만 아니라 치료에 전념해야 할 제가 다른 일에 매달린다면 암 치
유를 포기한 것이나 다를 바 없지 않겠습니까? 모든 것을 이해하고
수용하면서 긍정적인 사고방식으로 전립선암 치유에만 온 힘을 기
울여 왔습니다.

만약 그때 초기에 발견하였더라도 최신 장비도 갖추어지지 않은
병원에서 의술이 떨어진 전문의에게 수술 등의 치료를 받았으면 오
히려 지금보다 더 나쁜 결과를 가져왔을 수도 있었겠다고 스스로 자
위도 해보았습니다.

또한 그동안 정신적으로 불안감에 시달리는 일이 없이 먹고 싶은

것 마음대로 먹고 스트레스 없이 제 마음을 추스르면서 불안감에서 해방되어 안정된 마음으로 생활할 수 있었던 것을 생각해 보면 오히려 긍정적인 사고방식이 더 큰 덕을 보지 않았나 하는 역설적인 생각도 해 봅니다. 모든 것이 생각하기 나름 아니겠어요?

암 발병 이전에는 이제까지 살아온 삶에 대해 자책을 하면서 정치를 하는 사람은 말할 것도 없고 이런저런 비영리 단체를 보면 헌신과 봉사를 다짐한 애초의 취지는 어디로 간곳이 없고 봉사라는 핑계로 회장 등 임원이란 사람들은 이상한 명예와 사익에 눈이 멀어 회원들의 의견은 나 몰라라 하고, 자기 입맛대로 단체를 운영하는 등 부정적인 단면만이 제 머릿속을 맴돌아 이 모든 것을 잊고 조용하게 살고 싶었는데~!

이런 청천벽력 같은 암 질환이란 날벼락을 ~ㅜㅜ 정말 이런 사회의 편견을 탓하기만 하는 저의 그릇된 마음이 바로 스트레스의 원인이었고 점점 더 병을 키워오지 않았나? 하고 스스로 자책해 봅니다.

암 발병 후 치유과정에서 지난날을 돌이켜보면 밤잠도 제대로 이룰 수 없고 늘 심리적으로 불안과 초조함으로 사람들과 만남도 싫어지고 왜 이렇게 살아야 할까? 하는 물음표가 머리에 맴돌고 있었으니 바로 이런 증상이 신경 정신 이상이 아니고 무엇이겠습니까?

정말 이런 증상으로 고민할 때 담당 주치의 신촌 세브란스병원 최영득 교수님이 신경안정제 및 수면제를 비상약으로 처방해 주시면서 가급적 복용을 자제하고 정말 참을 수 없는 심적 고통이 있다고 생각이 될 때 가끔 복용해 보라고 하셨는데, 이약이 참으로 제 혼란스러운 정신을 치유하고 마음의 안정을 찾아 주었던 것 같습니다.

1개월간 2~3일 간격으로 10번 정도 먹었을까요? 신기하게도 마음의 안정을 찾고 잠을 이룰 수 있었습니다.

아마 최고의 전문의가 처방해 준 것이므로 이 약을 먹으면 반드시 좋아질 것이라는 기대감과 믿음이 상당한 효과를 본 것으로 생각됩니다.

예민한 신경 탓으로 불안과 초조함이 다른 환우에 비해 심한 저에게는 수술이 최적의 선택이었다고 생각하면서 적절하게 시기를 놓치지 않고, 그때그때 단계적으로 치료에 임한 것이 더욱더 효과를 보지 않았나 하고 자위하는 등 긍정적인 제 마음의 단순함이 저의 깊고 깊은 이 병을 이겨내는데 한몫을 하지 않았나 하고 자부도 해봅니다.

2.식생활 개선
체질에 맞는 균형 잡힌 영양식 섭취

누구나 암이란 진단을 받으면서부터 슬픔. 절망. 분노. 죄책감등으로 불안과 우울증이 엄습하였을 때 주저함 없이 즉시 욕심 등 모든 것을 내려놓고 스트레스를 받지 말고 마음의 여유와 강한 정신력으로 면역력 증강의 원동력으로 삼아 죽을 때까지 한 치의 양보도 없이 암과 싸워 반드시 이기겠다는 각오와 마음의 다짐이 앞으로 큰 힘을 발휘할 것이라는 믿음을 가집시다.

즉 면역력 상승의 근원이 되는 마음의 여유로움과 느긋함은 저와 같이 신경이 예민한 모든 환우들에게는 최고의 선물임에 틀림이 없을 것이라고 확신하면서 긍정적인 사고방식과 강한 정신력은 우리 환우 분들 모두에게 최고의 치료제라고 감히 말씀을 드리고 싶습니다.

제가 처음 글을 쓰기 시작하면서 이미 말씀드렸습니다만. 저는 출처가 불분명한 인터넷 정보에 의해 수술 후 1년 동안 붉은 고기는 일절 먹지 않고 채식 위주로 음식을 섭취함으로써 신체의 영양 부족 상태로 급격하게 체력이 떨어져, 골프 등 힘든 운동은 아예 생각하지도 못하고 일상생활마저도 영위하기가 너무 힘들었습니다.

전립선암환우건강증진협회 이사 이면서 전립선암 환우 사랑방 카페지기님이 늘 입버릇처럼 말씀하시는 과유불급이란 고사성어를 새삼 머리에 떠올리면서 환자의 영양 상태에 따라 질병 치유에 큰 영향을 미친다는 국립암센터 등 종합 병원의 자료 등을 믿고 전립선암에는 인스턴트 음식. 튀김류. 붉은색 육류 등은 될 수 있는 대로 줄이고 다양한 과일과 채소 특히 토마토. 통곡물. 식물성 지방 음식을 위주로 섭취하면서 술. 담배. 탄 음식 그리고 짠 음식 등은 될 수 있는 한 피하라는 것을 명심하고, 편식하지 말고 균형 잡힌 식사를 하고 과유불급, 그리고 골고루 섭취를 명심하였습니다.

각종 치료의 부작용을 줄이고 감염의 위험은 물론 손상된 세포를 빨리 회복시켜 최상의 면역 효과를 볼 수 있도록 하는 식이요법을 믿으면서 저는 지금까지 그 원칙에 따라 식생활을 해 오고 있습니다.

다만 한의학에서 말하는 인삼은 찬 체질을 가진 사람은 약효가 좋지만 더운 체질을 가진 사람은 약효가 떨어지는 등 체질에 따라 약효가 다르다는 것을 고려한 식생활을 모델으로 찬 체질인 저에게는 특히 약한 위장에 효과가 좋은 음식 위주로 적당한 양을 조절하면서 음식을 골고루 섭취하는데 주안점을 두었습니다.

소화가 안 될 때 OOO소화제가 특효인 사람도 있지만, 전혀 효과는 없고 설사 등 부작용만 생기는 사람도 있듯이 환자의 각자 체질에 맞는 영양식을 골라 균형 잡힌 음식을 섭취함이 가장 좋은 면역 강화 방법이 아닐까 하는 생각을 해봅니다.

3.면역력 증강 노력
체온 유지 및 체력강화를 위한 운동

예를 들어 1차 남성 호르몬 억제제로 졸라덱스 주사제가 불응이 온 환자가 같은 1차 호르몬제인 비카루드정을 복용하고 2년 넘게 좋은 효과를 보고 있는 환자가 있듯이, 식품이나 약품도 체질에 따라 천태만상으로 효능이 많이 달라지는 것을 고려하여, 전문의님들께서도 약의 성분이 비슷하다고 하여 다른 약의 처방을 꺼리고 있는 것으로 알고 있습니다만, 환자의 요청 사항이라면 심리상태 등도 참작하여 가능하다면 약제 변경 등 치료방법도 한번 바꾸어 주심이 어떨까 하는 소망을 해 봅니다.

인체 내의 독소를 저장하는 역할을 한다는 내장지방과 혈중지방을 줄이고 엔돌핀이라는 행복 호르몬 생성과 더불어 혈당 수치를 낮추고 세포의 산소 공급 활성화는 물론 독소 제거 등을 위하여 면역력 강화 운동을 합시다.

암 환자들의 각종 운동 효과를 학문적으로 살펴보면 체온 유지. 피로의 개선. 림프부종의 예방. 심리적으로 나타나는 수면장애 및 우울증 개선 골다공증 및 심장질환과 같은 만성질환 예방 등에 도움이 되고 또한 이는 생존율과 회복에 더 큰 효과가 있다고 합니다.

운동 방법에는 운동 형태 운동 강도, 빈도 등 특별히 권장되고 있는 지침이 마련된 것이 없으며 일반적으로 유산소 운동(걷기, 자전거 타기)과 근력 강화운동(덤벨, 바벨), 유연성 운동(스트레칭)으로 지속적인 신체활동이 좋다는 일반적인 상식에 따라 노력해 봄이 좋을 듯합니다.

체온 유지를 위해 자기 체력에 맞게 피로감 없이 땀 흘리면서 하는 걷기 운동이 최고의 면역증강을 위한 운동 방법이 아닐까 해서 저는 매일 스트레칭을 시작으로 버스 안타기(지하철역까지 도보), 둘레길 산책 그리고 하루 30분 정도는 햇볕을 쬐면서 걷고 있습니다.
(비타민D 생성을 위한)

만보기를 휴대하고 처음에는 1만보 걷기에서 최근에는 제 체력이 감당할 수 있다고 느껴 하루 1만 5천보 이상을 걸으면서 컨디션이 좋은 날에는 2~3만보까지 도전하고 있습니다.

나름대로 운동 방법과 운동량을 정리해 보면 각자의 체력을 고려하여, 피로하지 않은 범위 내에서 꾸준히 운동량을 증가시키고, 자전거 타기는 전립선암 환자들에게는 별로 좋지 않다는 견해가 다수이므로, 항상 유연성 운동인 스트레칭과 함께 유산소 운동인 걷기 운동과 근력운동을 점차 체력에 맞게 조정, 늘려나가는 것이 최선이 아닌가 생각해 봅니다.

저는 위가 약해 소화력이 떨어지고 손발이 너무 차서 즉 한의학에서 말하는 소음인인 냉 체질로 늘 혈액순환의 장애가 자주 나타남에 따라 체온 유지 및 혈액순환을 위한 걷기 운동인 유산소 운동은 말할 것도 없고, 하루도 빠짐없이 1회 이상 대중목욕탕을 이용 반신욕 20분 또는 집에서 TV를 보면서 족욕 30분을 실천함으로써 면역력 강화에 온 힘을 기울여, 정상체온을 유지하는 데 온 힘을 다하고 있습니다.

(수술 당시 36.0도 현재 정상체온인 36.5도는 아니더라도 최소 36.4도의 체온은 유지하려고 노력 중입니다. 다만 여름철엔 목표를

달성하였으나 겨울철에 역 부족으로 따뜻한 물 많이 마시기와 따뜻한 옷 입기, 집안 실내 온도 올리기 등을 열심히 하고 있음)

*운동하기 힘이 들더라도 규칙적으로 주 5일 이상은 필수
- 잠이 안 와 아침 일찍 일어나면 동네 한 바퀴는 반드시 돌아보겠다는 마음가짐으로
- 평시 가능하다면 목적지까지 걸어가 본다는 느낌으로
- 가족이나 친구 동료와 함께 운동을 할 수 있는 여건을
- 시간 날 때마다 자주 스트레칭을
- 만보기를 휴대하고 하루의 걸음 수를 체크하면서 체력에 따라 조금씩 늘려 땀이 날 정도로 30~60분 이상 꼭 실천 할 수 있도록 노력하면 어떨까요?

저도 언제 또 재발이 될지 모르지만, 담당 주치의님께서 처방해 주신 신경 안정제나 수면제를 먹어야만 잠을 이룰 수 있었던 그때를 돌이켜보며 이제부터라도 내 병은 나 스스로 지킨다는 슬로건과 받은 은혜의 보답을 위한 베풂의 활동이 내게 주어진 마지막 임무라고 생각하면서. 이제 위를 보지 않고 밑만 내려다보면서 갖가지 욕심 등 모든 것을 내려놓고 봉사라도 좀 할까 하는 마음이 조금 조금씩 움트기 시작하고 있습니다. (아직도 멀었지만 밑을 내려다보니 저보다 못한 사람이 너무 많고, 제가 너무 행복한 층에 속한다는 것을 느끼면서부터)

지금 생각하면 봉사라는 것이 정말 저에게는 정신적으로 마음의 안정은 물론 스트레스를 없애는 암 치유의 최고의 명약이라고 나름대로 자부하면서, 암 환자뿐만 아니라 모든 사람에게 권유해 보고 싶은 심적 충동이 일어납니다.

제가 정신적으로 가장 감내하기가 힘들었던 우울과 불안감은 후배 환우들은 절대 겪지 않도록 해야 한다는 마음입니다.

그리고 정신적인 충격에서 헤어나면서 모든 것을 내려놓았던 지난 날을 돌이켜 보면 기분 나쁜 일이 있더라도 모든 환우의 상처를 보듬어 주어야 하는 것이 도리인데, 다시 힘들었던 옛날을 망각하고 조그마한 욕심이 되살아나는 듯합니다. 빨리 애써 초심으로 돌아가는 마음을 가다듬으면서~다시 용기를 내어 봅니다.

전립선암은 대부분 천천히 진행되는 암이므로 갑상선암 다음으로 2번째로 생존율이 높다는 정보를 다각도로 공유하여, 모든 것을 긍정적인 사고방식으로 생각하고 생활하는 습성이 몸에 배도록 하여 우리는 반드시 암을 치유할 수 있다는 자신감을 심어 주는 데 최선을 다해 보겠습니다.

또한 요즈음 전립선암환우건강증진협회의 이런저런 일을 하면서 어떤 방법으로든 제가 받은 은혜의 10분의1만이라도 보답을 해볼까

해서 시작한 일이 진료 동행인 듯합니다. 봉사라는 걸음마를 한 발짝 한 발짝 내디뎌 보았습니다.

하지만 봉사 후에 느끼는 즐거움과 행복감은 저의 베풂이 아니라 오히려 제가 면역력 강화라는 최고의 선물을 받는 결과로 이어지고 말았습니다. 정말 저는 여러 가지로 복을 너무 많이 받는 행운아입니다.

우리 부부의 아침 일상

아침 일찍 기상과 동시에 치솔을 이용 입안 청소를 하고,
따뜻한 물 500mg을 마신다.
사과 반쪽을 먹고 가벼운 몸 풀기 운동을 한다.
이런 일상은 특이한 것도 아니고 누구나 비슷할 것이다.
그러나 아침식사 메뉴는 10가지 식단으로 조금 남다르다.
개인적인 체질과 식성에 따라 다를 수 있지만,
전립선 치료에 도움이 되었기에 참고로 소개한다.

=아침 식단 =

1. 참마

2. 파프리카

3. 토마토, 브로콜리, 당근, 양배추, 도라지 무침,

4. 미역국(북어, 표고버섯, 들깨가루, 계피가루)

5. 삶은 계란

6. 밤고구마, 떡

7. 블루베리

8. 호박씨, 잣, 대추, 호두, 아몬드, 브라질너트

9. 꿀 마늘 + 현미 식초

10. 도라지 생강차 한 잔, 석류과즙.

제6부 감동의 희망가

눈물젖은 투병기
함께 나누고 싶어

1.전립선암 초기 발견, 완치 가능하다

[서평] 전립선암 3기말 진단, 돌손 채희관의 〈횡설수설 투병기〉

- 기자명 김철관 미디어전문 기자
- 입력 2020.01.31. 09:44

지난 2013년 발생한 전립선암 3기말 환우의 눈물 젖은 투병기가 책으로 출판됐다.

숨고 싶은 남성들의 전립선암의 투병기를 다룬 채희관의 〈횡설수설 투병기〉(2019년 12월, 사단법인 전립선암환우건강증진협회)는 전립선암 환우의 생생한 리얼 투병기이다. 발병가능성이 존재하고 있는 50대 이상이면 관심있게 살펴봐야 하는 남자들의 전립선암의 증상과 치료법을 소개하고 있는 책이기도 하다.

이 책은 신경침윤과 정관·정량 침윤은 물론 방광 쪽 피막을 벗어난 절단면 양성 등 전립선암 3기말이라는 최악의 진단을 받고서도 나을 수 있다는 희망을 갖고 치료에 임해 완치에 가깝게 성공한 사례를 다루고 있다.

저자 채희관은 3기말 전립선암 진단을 받고 절망과 고통의 시간을 보내며, 한 가닥 희망을 갖고 병원을 전전한다. 전립선암 특이항원(PSA) 기준치가 0~4인데, 12년 전 10이라는 수치를 알고서도, 전립선에 암이 자리 잡고 있었음에도 안일한 대처로 병을 키웠다는 것이다.

2007년 6월 30일자로 43년간의 공직생활을 마감하고, 제2의 인생을 시작할 무렵 다리 이곳저곳의 저림과 따끔따끔한 증상이 자주 발생했다. 당시 개인병원 및 대학병원을 찾아 의사의 진단을 받았지만, 그들의 오진이 사태를 더욱 악화시키기도 했다.

2013년 6월 서울대학교병원 비뇨의학과 조직검사결과 공식 전립선암 3기말 판정을 받고 슬픔과 절망, 분노와 죄책감은 물론 불안감이 엄습해 우울증에 시달리기도 했다. 이후 서울대병원에서 뼈스캔, CT, MRI 검사를 받았고, 신촌 세브란스병원 옮겨 수술실에서 전신마취 후 약 3시간에 걸친 로봇수술(다빈치) 수술을 받았다.

전립선암 발생 전에도 저자는 맹장수술, 목(기관지와 식도의 종양) 수술, 백내장 수술, 치질 수술 등 크고 작은 수술을 받았다. 그래서인지 전립선암 수술을 담담하게 맞이했다.

특히 그는 진료를 받으면서도 인터넷 '전립선암 환우 사랑방' 카페

지기 불곡산인의 도움이 희망의 등불이 됐다고 회고했다. 그의 병리 기록 해석은 전문의보다 더 세밀한 멘토의 역할을 했기 때문이다. 이뿐만 아니라 불곡산인은 보조방사선치료(토모)를 하려온 환우와 동행해 의사에게 환자의 상태와 부탁의 말을 하기도 했다, 카페지기 불곡산인도 전립선암이 발병해 완치를 했던 인물로, 환우들의 병리기록 해석은 물론 치료방향까지 제시해줘 그의 존재가치를 인정받고 있는 인물이다.

포털 다음에서 불곡산인이 운영하는 '전립선암 환우 사랑방'은 카페의 존재가치가 실감난다. 이곳에서는 환우들끼리 전립선암에 대한 정보를 주고받고, 카페지기에게 환우들이 질문을 하면 상세한 설명을 곁들었기 때문이다.

저자는 사랑방 환우 카페에서 배운 전립선암 면역강화보조 치료를 위해 체온 상승이 필수적이라는 사실을 알게 된다. 신체단련운동과 반신욕, 헬스, 사우나 그리고 면역강화보조식품인 운지버섯 균사 추출물인 PSP-50을 복용하기도 했다.

2019년 10월 26일 오전 9시 신촌 세브란스병원 비뇨의학과 진료실에서 의사의 말 "PSA 수치가 0이네요"라는 말이 많이 호전됐다는 의미였고, 안도의 한숨을 내쉬는 순간이었다는 것이다. 이어지는 의사의 말 "6개월 후인 2020년 4월 17일 다시 오세요"라는 말에 감탄을 했다고…

저자는 투병생활을 하며 느낀 전립선암 예방법으로 ▲스트레스를 받지 않는 마음가짐(믿음과 강한 정신력이 곧 면역력 상승) ▲식생활 개선(체질에 맞는 균형 잡힌 영양식 섭취) ▲면역력 증강을 위한 체력관리(체온유지 및 체력강화를 위한 운동) 등을 제시했다.

특히 음식물 섭취에 있어 인스턴트 음식, 튀김류, 붉은색 육류 등은 줄이고 다양한 과일과 채소 특히 토마토, 통곡물, 식물성 지방음식 등을 권유했다. 술, 담배, 탄 음식, 짠 음식 등을 피하고 편식 대신 균형 잡힌 식사를 하고 과유불급(過猶不及) 그리고 골고루 음식을 섭취해야 한다는 것을 강조했다.

이 책은 저자가 전립선암 첫 발병시기인 2007년 11월부터 2019년 10월까지의 투병일지를 일목요연하게 정리했다. 전립선암 판정시까지의 경위, 판정 이후 진료 및 치료과정, 전립선 특이향원(PSA) 변동사항, 투병생활과 환우들에게 전할 말 등의 내용을 담았다.

현재 70대 중반인 저자의 상태가 많이 호전돼 환자를 위해 사단법인 전립선암환우건강증진협회에서 전립선암 및 비대증 상담 및 진료 동행 봉사활동을 하고 있다.

(출처 : 인천뉴스 (http://www.incheonnews.com))

2.기적같은 진기록

[인터뷰] 2021년 희망가, 전립선암 3기말 수술 후 8년 채희관 씨
"전립선암도 국가검진 필수항목으로"

- 건강다이제스트 2021년 11월호 74P
- 허미숙 기자 승인 2021.11.03. 15:41

많이 망설였다고 한다. 지금도 쉬쉬 숨기고 싶은 마음이 굴뚝같기 때문이다. 그래서 사진도 옆모습이다. 온전히 다 드러내기에는 아직 용기가 없다.

전립선암 3기말 진단을 받은 지 어느덧 8년! 생사의 기로에서 수술도 했고, 방사선 치료도 했고, 호르몬 치료도 했다. 다행히 목숨은 건졌지만 그 후유증은 말로 다 못 한다. 요실금 패드를 착용해야 한다. 남성 기능도 잃었다. 그 굴욕감, 그 상실감을 누가 감히 짐작조차 할 수 있을까?

그런 처지에 인터뷰? 결코 하고 싶지 않았다. 하지만 누군가는 용

기를 내야 하기에 인터뷰에 응했다는 사람! 전립선암 3기말을 어렵게 이겨내고 전립선암 환우들의 희망지기로 살고 있는 채희관 씨다.

그런 그가 목청 높여 외치고 싶은 말이 있다고 한다. 국가건강검진에 전립선암 검사도 꼭 포함시켜 달라는 것이다. 유방암, 자궁암은 되는데 왜 전립선암은 안 되는지 묻고 싶다.

국가건강검진에 전립선암 검사를 필수항목으로 추가하면 수많은 남성들의 피맺힌 절규를 미연에 막을 수 있다고 말하는 채희관 씨를 만나봤다.

2013년 6월에… 전립선암 판정을 받은 필자

43년간의 긴 공직생활을 마감하고 얼마 되지 않았을 때의 일이다. 소화가 잘 안 돼 동네 내과에서 건강검진을 했다. 위내시경도 하고 대장내시경도 했다. 다리도 가끔 저리고 따끔거린다고 했더니 신경외과 진료를 추천했다.

2007년 12월 말, 채희관 씨가 동네 신경외과에 갔던 이유다. 그런데 신경외과 전문의가 이상한 말을 했다. 전립선 특이항원인 PSA 수치가 적정수치 4.0보다 월등히 높은 9.21로 나왔다면서 빨리 종합병원으로 가라고 했다. PSA 수치가 4.0 이상일 때는 전립선암의 발생 여부를 알아봐야 한다는 거였다.

그래서 가게 된 OO대학병원 비뇨기과 검사 결과에서도 PSA 수치는 10.98로 높게 나왔다. 담당의사는 전립선암일 수도 있으니 조직검사를 하자고 했다.

2008년 2월 13일, 힘들게 한 조직검사 결과가 나왔다. 담당의사는 "정황상 암이라고 생각했지만 8개소 조직검사 결과 암은 아니라고 판단했다."며 "처방한 약을 먹으면서 1년 후 다시 PSA 수치를 검사하자."고 했다.

채희관 씨는 "암이 아니라는 말에 콧노래까지 불렀다."고 기억한다. 그래서 퇴직 후 생활도 신나게 즐겼다. 여행도 가고 친구들과 술잔도 기울이면서. 그렇게 1년이 흘렀다.

2009년 2월 27일, 1년 만에 PSA 수치는 11.56으로 상승돼 있었다. 그래도 담당의사는 4개월 후 다시 검사해서 판단하자고 했다. '좀 높아도 괜찮은가 보다.' 했다.

2009년 6월 26일, 4개월 만에 PSA 수치는 12.14로 더 높게 나왔다. 담당의사는 그제야 조직검사를 하자고 했다. 하지만 내키지 않았다. 첫 번째 조직검사를 하면서 너무도 힘들었던 기억이 망설이게 했다. 또 전립선암은 천천히 진행된다는 말도 들어서였다.

채희관 씨는 "그 후 1년 동안 검사도 안 하다가 2010년 6월부터 동네 내과에서 PSA 검사를 하기 시작했다."고 말한다. 암 전문가라면서 너무 걱정하지 말고 정기적으로 PSA 수치를 보면서 대처하면 된다고 했기 때문이었다.

채희관 씨는 갖은 고생 끝에 전립선암 3기말을 극복하고 지금은 전립선암 환우들의 멘토로 제2의 삶을 살고 있다.

그런데 그것이 돌이킬 수 없는 화근이 될 줄이야! 채희관 씨는 "2010년 6월부터 동네 내과에서 6개월마다 PSA 수치를 체크하면서 관리했는데 2013년 4월 PSA 수치가 13.84까지 되면서 소변까지 찔끔거리게 됐다."고 말한다.

겁이 났다. 다급한 마음에 국내 최고라고 하는 대학병원으로 향했다.

2013년 5월 27일, 서울대병원에서 12개소 조직검사를 시행했다. 2013년 6월 4일, 그 결과가 나왔다. 담당의사의 첫 마디는 잊을 수가 없다.

"조직검사 결과 암입니다."라고 했다.

"12개소 중 5개소에 암이 있으니 뼈스캔, CT, MRI 등을 해보고 치료방향을 결정하자."고 했다.

머릿속이 하얘졌다. 심장 박동은 일순간 멈추고, 다리 힘도 풀리면서 풀썩 주저앉았다. 너무도 후회스러웠다. 절호의 기회를 놓치고 생사의 벼랑 끝으로 내몰린 상황이 믿기지도 않았다.

2013년 7월에… 로봇수술

채희관 씨는 "PSA 수치가 높은 데도 수수방관하면서 스스로 병을 키웠다는 생각에 뼈저린 후회를 했다."며 "지금도 그때를 생각하면 원통하고 분한 마음이 남아 있다."고 말한다.

갑자기 전립선암 진단을 받자 무섭고 두려웠다. '이제 어떻게 해야 하나?' 갈피를 잡을 수도 없었다. 다행히 뼈스캔 결과 전이는 안 됐다고 했다. 여러 정황상 방사선 치료를 하는 것이 좋겠다는 말도 들었다. 하지만 선뜻 결정할 수 없었다. 모든 것이 막막하고 혼란스러웠다.

그때 한 줄기 구원의 빛처럼 다가왔던 것! 채희관 씨는 "인터넷 검색을 하다가 '전립선암환우사랑방'이라는 카페를 알게 됐는데 치료 방향을 정하는 데 큰 도움이 됐다."고 말한다.

전립선암 선배 환우들로부터 다양한 정보를 얻을 수 있어서 좋았다. 동병상련의 따뜻한 조언도 들을 수 있어서 힘이 됐다.

채희관 씨는 "서너 군데 병원을 더 다녀보고 최종 치료 플랜을 짰다."며 "2013년 7월 2일 신촌에 있는 대학병원에서 로봇수술을 하게 됐다."고 말한다.

수술은 잘 됐다고 했다. 정확한 결과는 10일 후에 나왔다. 담당의사는 "림프선 전이는 없고, 정낭 침윤 등 3기말에 해당하지만 PSA 수치는 1.79로 괜찮다."고 했다.

하지만 수술 후 맞닥뜨린 현실은 참담하고 비참했다. 요실금 패드

없이는 하루도 지낼 수 없는 처지가 되고 말았다. 불편하고 수치스러웠다.

게다가 하루하루 PSA 수치에 울고 웃는 살얼음판 인생이 되고 말았다. PSA 수치가 0.01 이하로 떨어지지 않으면 암 잔존의 가능성이 있다는 말을 들어서였다.

설상가상 수술 후 3개월이 지나도 PSA 수치는 0.04로 나왔다. 불안했다. 수술 후 7개월째에는 PSA 수치가 0.12로 치솟으며 아연실색케 했다. 담당의사도 "PET-CT상 아무 이상은 없으나 PSA 수치가 많이 상승했다."며 걱정할 정도였다.

세상이 무너지는 것 같았다. 수술로 완치를 기대했던 희망은 물거품처럼 사라지고 말았다. 채희관 씨는 "결국 호르몬 치료와 방사선 치료를 할 수밖에 없었다."고 말한다.

2014년 2월부터 호르몬 치료를 시작했다. 2014년 3월부터 방사선 치료도 시작했다. 2014년 5월, 호르몬 치료와 총 24회의 방사선 치료가 끝나자 비로소 PSA 수치가 0.01 이하로 떨어졌다. 그제야 담당의사는 "80세 이상 보장하겠다."는 덕담도 했다.

그 덕담이 주효했던 걸까? 채희관 씨는 "그때부터 PSA 수치가 0.01 이하로 유지되면서 생사의 위기 국면에서도 어느 정도 벗어나는 계기를 마련할 수 있었다."고 말한다.

그로부터 적잖은 세월이 흘렀다. 전립선암 수술을 한 지도 8년째인 2021년 9월 현재, 채희관 씨는 어떻게 살고 있을까?

▲ 채희관 씨는 자신의 전립선암 투병기를 생생하게 기록한 〈횡설수설 투병기〉를 펴내 전립선암 환우들에게 희망의 메시지를 전하고 있다.

전립선암 환우들의 멘토로 활약 중!

2021년 9월 초 서울 광화문에서 만난 채희관 씨는 책 한 권을 선물했다. 서점에서 판매하는 책은 아니라고 했다. 〈횡설수설 투병기〉라는 제목이 눈길을 끌었다. 자신의 전립선암 투병기를 기록한 책이라고 했다. 전립선암 환우들에게 조금이나마 도움이 되었으면 하는 마음에서 손수 제작해서 나눠주고 있다고 했다.

그런 그의 모습은 활기차고 즐거워 보여서 좋았다. 일흔이 넘었다고 했지만 꽃중년 모습이어서 놀라웠다. 건강은 괜찮을까?

채희관 씨는 "1년에 한 번씩 오라는 걸 6개월에 한 번씩 가서 PSA 수치를 체크한다."며 "PSA 수치가 0.01 이하로 관리되고 있어 만족스럽다."고 말한다.

첫째, 봉사하는 삶을 살았다.

특별한 비결이라도 있었던 걸까?

채희관 씨는 "별 것 없다."면서도 "몇 가지 원칙은 꼭 지켰다."고 말한다.

전립선암 환우들에게 실질적인 도움을 주기 위해 발족한 (사)전립선암환우건강증진협회 봉사자로 적극 나서서 진료 시 동행하는 진료 동행 봉사도 하고 전화상담 봉사도 했다. 코로나 때문에 잠시 주춤하지만 주 2~3회 꼭 진료 동행 봉사를 했다고 한다.

불안하고 초조한 환우에게 진료 동행 봉사가 큰 힘이 되고 의지가 된다는 걸 너무도 잘 알기 때문이었다. 방사선 치료를 앞두고 진료실 앞에서 불안에 떨던 때 진료 동행 봉사자를 보고 느꼈던 안도감은 지금도 생생한 기억으로 남아 있다. 그래서 치료가 끝나자마자 진료 동행 봉사를 시작했다는 그다. 받은 은혜의 일부라도 보답하고 싶어서 시작했다고 한다.

채희관 씨는 "봉사 후에 느끼는 행복감은 면역력 강화라는 최고의 선물로 되돌려 주더라."고 말한다.

둘째, 마음을 비우고자 노력했다.

모든 욕심을 내려놓았다. 오래 살고 싶은 욕심까지도 내려놓았다. 전립선암 환우들은 PSA 수치가 조금이라도 올라가면 '혹시 재발일까?' 스트레스부터 받는다. 검사할 때마다 피 말리는 시간을 맞이한다.

그런 스트레스가 독이 된다는 걸 알았다. 욕심을 버리면 그런 스트레스도 얼마든지 줄일 수 있다고 믿었다.

채희관 씨는 "20년 살고자 욕심을 부렸다면 상황은 많이 달라졌을 것"이라며 "5년만 즐겁게 살자고 마음을 비운 것이 오늘을 있게 한 것 같다."고 말한다.

셋째, 식생활의 대원칙은 '과유불급'을 실천했다.

채식 위주로 먹어보기도 하고, 붉은 고기는 일절 안 먹기도 실천하면서 알게 된 사실은 '과유불급'이라는 거였다. 골고루 먹되 좋지 않은 음식은 많이 먹지 않아야 한다는 걸 알게 됐다.

채희관 씨는 "식생활의 대원칙은 균형 잡힌 영양식을 실천하는 데 중점을 뒀다"고 말한다. 다만 인스턴트음식, 튀김류, 붉은 육류는 줄이고, 다양한 채소와 과일, 통곡물 위주로 섭취하면서 술, 담배, 탄고기, 짠음식 등은 피하는 식이었다.

단, 아침 식단은 해독주스를 꼭 마셨다. 토마토+양배추+당근+브로콜리+사과+바나나+블루베리 등을 삶거나 생으로 넣어 갈아서 주식으로 먹었다. 지금도 아침 식사는 해독주스로 대신한다.

넷째, 면역력 관리를 위해 날마다 운동했다.

1주일에 3회 이상은 동네 뒷산 오르기를 하고, 주말에는 여행 겸 산행을 했다. 버스 안 타고 걷기, 비가 올 때는 헬스장에서 걷기운동과 근육운동을 하면서 목표량을 채웠다.

채희관 씨는 "땀이 조금 날 정도의 걷기 운동은 최고의 면역 증강 제라는 생각을 하면서 하루 1만 5천보 정도는 꼭 걸었다."고 말한다.

다섯째, 하루도 빠짐없이 반신욕이나 족욕을 했다.

수술, 방사선, 호르몬 치료의 후유증 때문인지 손발이 차고 저리고 시린 증상이 심했다. 체온을 올리기 위해 날마다 20~30분 정도 반신 욕이나 족욕을 했다.

채희관 씨는 "비록 PSA 수치가 정상이어도 늘 재발의 두려움을 안 고 사는 것이 전립선암 환우들의 숙명"이라며 "그런 스트레스를 해소 하기 위해 봉사도 하고 마음도 비우고 운동도 열심히 하면서 최대한 즐겁고 재미있게 살기 위해 노력했다."고 말한다.

그런 그가 긴 인터뷰를 마무리하면서 전 국민께 꼭 호소하고 싶은 말이 있다고 한다. 국가건강검진에 전립선암도 필수 항목으로 추가해 달라는 것이다. 유방암, 자궁암은 국가에서 시행하는 무료 건강검진으 로 조기 진단, 조기 치료가 가능하다. 그런데 전립선암은 해주지 않고 있다. 건강검진에 PSA 검사만 넣어주면 되는데 그걸 안 해주고 있다.

PSA 검사만 하면 전립선암도 얼마든지 일찍 발견할 수 있다. 전립선암은 일찍 발견하면 완치율도 높다.

채희관 씨는 "국가건강검진에 간단한 PSA 검사 항목이 없어 수많은 남성들이 피눈물을 흘린다."며 "전립선암도 조기에 발견하고 치료할 수 있도록 정책적 배려가 꼭 있어야 한다."고 말한다.

이를 위해 권익위에 청원도 하고 보건복지부도 찾아다니며 두 팔 걷어붙이고 열심인 채희관 씨! 그의 호소문이 부디 전립선암 치료에도 새 지평을 여는 계기가 되길 기대해 본다.

허미숙 기자 kunkang1983@naver.com

에필로그

규칙적인 운동으로
면역력을 키우면서

　전립선암으로 고통을 받고 계시는 환우님 우리 다 같이 희망과 용기와 자신감을 가지고 서로 힘을 모아 전립선암을 반드시 극복하여 아름다운 이 강산에서 오랫동안 보람과 즐거움이 가득한 행복한 삶을 함께 살 수 있기를 기원합니다.

　모든 남성의 건강증진을 위하여 전립선암 환자들이 주축이 되어 결성한 사단법인 전립선암환우건강증진협회가 더욱 발전하여 이 땅의 모든 남성을 전립선암으로부터 지켜내고 남은 생을 환우 여러분들이 함께 어깨동무하고 걸어가면서 봄의 훈훈한 순풍이 불어오기를 소망해 봅니다.

남성들의 고민, 전립선의 모든 것

생명과학대사전에 따르면, 전립선(前立腺 ; prostate gland)은 일반적으로 수정관 개구부 부근에 열리는 선의 총칭이다. 남성의 방광하면에 밀착하여, 전방은 치골결합, 후방은 직장에 접하는 부생식선이다.

요도를 둘러싸서 방사상으로 배열하는 30~50개의 복합관상 포상선이 집합한 것이다. 각 선의 도관은 정구의 양측에 열리지만, 이 부분은 사정관도 열려 있다.

전립선의 선강은 넓고, 나이가 들어감에 따라 분비물이 농축하여 석회화 경향을 나타내는 전립선석을 볼 수 있다. 전립선 분비액은 약산성(pH 약 6.4)의 유양액으로, 시트르산, 아연, 산성인산가수분해효소 등을 포함한다.

분비액은 정자의 운동성과 수정 능력에 관여하고, 또한 정액 특유의 냄새의 근원이다. 전립선은 전체가 섬유성 피막으로 덮여 있고, 선체 내에 섬유성 격벽이 진입한다. 이 피막과 격벽에 다량으로 포함되는 평활 근은 사정시에는 전립선 분비액의 배출을 재촉한다.

전립선 배측은 주로 이러한 간질로 구성되며, 전섬유근성 지질이라는 영역을 형성하고 있다. 전립선의 선 조직은 병리조직학적으로, 이행대, 중심대, 주변대의 3개로 구분하고, 전립선 비대는 이행대에, 암은 주로 주변대에 생성된다.

전립선의 위치와 구조로 볼 때, 무게는 약 20g이며, 밤톨 모양이다. 방광 바로 밑에 위치하며, 전립선 가운데에 나 있는 구멍으로 사정관과 요도가 통과한다. 정액은 정자를 포함하고 있으며, 정낭을 지나면서 정낭에서 분비된 액체가 정액에 더해지게 된다. 정액은 사정관을 지나 요도로 들어가게 되는데 그 경계 부위에 전립선이 있다. 전립선은 정액의 액체 성분의 30% 이상을 만들어서 분비한다.

전립선에서 만들어진 전립선 액은 정소에서 만들어져서 이동해 온 정자에게 영양을 공급하며, 사정된 정액이 굳지 않도록 액체 상태를 유지시킴으로써 정자가 활발하게 운동할 수 있도록 돕는다.

이러한 정자의 운동 능력은 난자와 만나 수정할 수 있는 능력과 직접적으로 연결된다. 또한 여성의 질 속은 산성을 띠는데, 전립선 액은 알칼리

성이므로 산성을 중화시켜 정자를 보호하는 역할을 한다. 정액에서 나는 독특한 냄새는 전립선 액에서 나는 것이다.

전립선 질환은 오줌이 배출되는 통로인 요도가 전립선의 가운데를 통과하기 때문에, 전립선이 커지게 되면 요도가 좁아져서 오줌이 통과하기 힘들게 된다. 이러한 전립선 비대증은 중년 남성에게 흔히 나타나는 질환이다. 또한 같은 증상으로 드물게 전립선암이 발견되기도 한다.

전립선암의 원인은 아직 명확하게 밝혀지지 않았으나 연령과 남성 호르몬이 유발인자로서 관련이 있는 것으로 여겨지고 있다.

전립선암(前立腺癌, prostate cancer)은 전립선에 생긴 세포가 사멸하지 않고 증식해서 종양이 된 것이다. 95% 이상의 전립선암은 조직학상 선암(adenocarcinoma)으로 분류된다. 암 자체가 비정상 세포가 사멸하지 않고 증식해서 악성 종양이 생성되는 것이다.

남성에게서 발생하는 암 가운데 5위를 차지하는데, 점점 순위가 높아지고 있다. 미국의 경우 전립선암을 남성에게 생기는 가장 흔한 암으로 여긴다.

서울대학교병원 의학정보에 따르면, 암 초기에는 대부분 아무런 증상이 보이지 않는다. 암이 진행되면서 요로 폐쇄의 증상이 나타나게 된다.

이때 소변을 보러 화장실에 들어가서 머뭇거리며 소변 줄기가 가늘어지고, 소변을 본 후에도 잔뇨감과 같은 전립선비대증에 걸렸을 때 나타나는 증상이 주로 나타난다.

소변을 자주 보고 싶고, 소변을 볼 때 불편하며, 갑자기 화장실에 달려가야만 하는 증상도 나타날 수 있다. 간혹 정액에 피가 섞여 나오는 경우도 있다. 암이 전이된 후엔 골통, 요통 등의 통증이나 불쾌감 증상이 나타나게 된다.

수면을 규칙적이고 충분히 취하여 면역력을 증강시키고, 규칙적인 운동을 하는 것이 좋다. 스트레스는 면역력을 감소시키므로 피해야 하며, 너무 오래 앉아 있는 것도 해롭다. 전립선을 압박하는 자전거나 오토바이도 좋지 않다. 평소에 온수 좌욕을 하는 것도 도움이 되며, 규칙적인 부부생활로 전립선 액을 배출하는 것도 좋다.

식이요법으로는 커피 등의 카페인이 함유되어 있는 음료나 탄산음료의 섭취를 제한해야 한다. 자극적인 음식도 피하는 것이 좋다. 술, 담배는 멀리하는 것이 유익하다.

동굴에도 빛이~~~!!

(사)전립선암환우건강증진협회
Prostate Cancer Patients Association

주소 : 서울 서초구 방배로 41, 방배 홈스텔 609호
TEL : 02-401-6511 / FAX : 02-401-6512

  본 협회는 전립선암에 대한 이해와 투병 활동을 돕기 위한 책자발간, 멘토링 프로그램 운영, 전문가초청 세미나 개최. 환우들과 그 가족들에게 치유를 위한 편의 제공 등의 사업을 영위하고 나아가 관련된 기관 및 단체들과의 교류를 통한 투병 환경개선 등의 사업을 지향하고 있습니다.

  협회와 뜻을 같이 하고자 하는 환우와 그 가족이 계시면 회원 가입을 하여 협회 활동에 참여해 주시면 고맙겠습니다.

  또한 후원을 원하는 개인 기업 및 단체의 경우에도 얼마든지 전립선암 환우를 위한 지원 및 봉사활동에 함께 참여하실 수 있습니다 도와주세요.

홈페이지 : http://psakorea.net/(전립선암환우건강증진협회)

후원금 납입 안내

계좌 : 기업은행 250-079759-01-011
(예금주 : 전립선암환우건강증진협회)

(사) 전립선암환우건강증진협회는 서울특별시 제2017-69-1호로 허가된 비영리법인인 민간 단체이며 법인세 법시행령 제39조 제1항 제1호 바목에 의거, 공익법인으로 재지정되어(기획 재정부고시 2024-10호) 후원금은 기부금 세액공제를 받을 수 있습니다.

산책 중에 휴식을 취하는 필자

숨어버리고 싶은 남성들의 전립선암
횡설수설 투병기

초판 1쇄   2019년 12월 10일
증 보 판   2024년 9월 12일
저   자   채희관
편   집   유한준
발 행 인   우승우
발 행 처   J.M 미디어
주   소   서울시 중구 을지로 41길 24
전   화   02-2267-9646
등   록   2012. 10. 18. 제301-2012-214호

값 18,000원
ISBN 979-11-963402-3-0